ELISABETH SCHMIDAUER

Mord für Anfänger und Fortgeschrittene

Gedruckt mit freundlicher Unterstützung der Kulturabteilung der Stadt Wien.

Grafische Gestaltung: Dorothea Löcker, Wien
Umschlagabbildung: © mauritius images/Manfred Habel
Druck und Verarbeitung:
EuroPB, s.r.o., Tschechische Republik
ISBN 978-3-7117-2078-8

Informationen über das aktuelle Programm
des Picus Verlags und Veranstaltungen unter
www.picus.at

ELISABETH SCHMIDAUER

Mord für Anfänger und Fortgeschrittene

ROMAN

PICUS VERLAG WIEN

Dem Team

Wacker ausschreiten, wacker fürbassschreiten, das muss man, wenn es einen friert. Etwas glitzert im Sand. Sie bückt sich. Ein Medaillon. Strandgut. Sie schiebt das Medaillon in ihre Hosentasche.

Jemand ist schon vor ihr zu den Felsen gekommen. Sie winkt, sie ruft, die Wellen schwappen bis zu dem Felsen, an dem die Person lehnt. Etwas ist mit dem Kopf der Person, und was ist mit dem Haar, klebrig, etwas stimmt nicht mit dem Gesicht, sie beißt auf ihre Hand, um nicht zu schreien, und dann läuft sie und läuft, fällt, kommt wieder hoch, fällt wieder und läuft und läuft und läuft.

ANKUNFT

Luise liegt am Strand und schaut aufs Meer. Das Meer kräuselt sich und rülpst einmal kurz. Inselheimat, denkt sie. Wiedergefundenes Paradies. Zakynthos, Blume der Levante, hingespuckt ins Ionische Meer, das lächelnd Luise empfangen hat.

Es ist alles noch da. Das Dörfchen Vasilikos, die Läden an der Dorfstraße, die Olivenbäume, die Ziegen in den Hainen. Dass sie davon nie genug bekommen kann, nicht von Olivenbäumen, nicht von Schafen und Ziegen und nicht vom Meer und vom Himmel, die beide sich in immer wechselnden Farben präsentieren, Äther und Okeanos, und nicht vom Duft des Landes in flimmernder Sommerhitze – sich in etwas Großes auflösen, denkt sie, als ginge das, und wie ihr, wenn sie in Griechenland ist, immer scheint, es müsste doch jedenfalls ein gesteigertes Leben möglich sein, befreit von jeglicher Vergangenheit.

Hinter dem Dörfchen liegt das Kursgelände. Verstreut zwischen Kiefern und Oleandern stehen kleine Häuser mit Balkonen und Terrassen, Stein und Ziegel, Holz und Kalk. Luise seufzt zufrieden, das Meer gurgelt.

Müsste sie sich, denkt sie, zwischen Meer und See entscheiden – vor ein paar Tagen noch ist sie im Haus der Großeltern gewesen, Kindheitssommerhaus, rote Geranien in Fensterkästen, an einem blauen oder grauen oder grünen Wasser –, könnte sie an einem See im Salzkammergut leben, sie müsste nie mehr in irgendeine Welt hinaus, es wäre doch alles, was sie von der Welt brauchte, bei ihr. Regenkühle, blitzende Wiesen, Seengrün, die Schwärze eines Gewitterhimmels, zwischen den Bergen wandernde Donnerkaskaden und Muster im verwitterten Holz der Veranda.

Aber vielleicht, an irgendeinem Tag, weil ein Licht durch das Fenster fällt oder der See dunkel gluckst, weil eine Kuh im Dämmerschatten steht und die Erde krumig und feucht ist, oder ein Wind geht, der etwas mit sich trägt, und sie würde das Meer vermissen, mit einer Schärfe, als wollte es sie das Leben kosten.

DRAMA, Luise, denkt Luise. Du immer mit deinem Hang zum Drama. So schnell kostet eine Sehnsucht kein Leben.

Weitere Neuankömmlinge erobern sich den Strand. Nickend wird abgehakt: Liegen, Sonnenschirme, die Taverne, die Poolbar, der Pool, der Steg, der alte, zahnlose Grieche, der seinen Ouzo trinkt – alles wie im Prospekt, alles da, wofür man bezahlt hat. Alte Bekannte begrüßen einander kreischend, ziehen wild gestikulierend Richtung Taverne. Andere stehen still versunken und lassen, in theatralischen Posen gegen den Wind gestellt, Seidentücher und Haare flattern. Ein Sonnenbrand, denkt Luise, würde jedenfalls jegliche Form gesteigerten Lebens zunichtemachen.

Kursleiter stapfen vorbei. Sport, im enthusiastischen Gespräch mit Maskenbau. Dahinter Alejandro, für lateinamerikanischen Tanz zuständig, Hartmut und der bärtige Berti – ein gefürchtetes Trio – im Schlepptau einer heftig geschminkten Dürren. Immer noch Birgit und Berti, wundert sich Luise. Das hat doch im Vorjahr schon nicht mehr funktioniert.

Ein Mädchen, eine junge Frau kommt aus der Gegenrichtung, schimmernde Haut, rötliche Locken, Alejandro und Hartmut brechen in Pfiffe und anfeuernde Rufe aus, sie führen einen seltsamen Tanz um das Mädchen auf, das, als existierten die Männer nicht, Locken schwingend weitermarschiert. Das scheue Lächeln, das die junge Frau Berti zuwirft, entgeht Luise nicht, und auch nicht, dass Berti verlegen zurückzulächeln scheint. Birgit zieht Berti weiter.

Soso, denkt Luise. Der bärtige Berti verliebt.

»Fischen im Team«, hat er ihr einmal, da war er schon sehr betrunken, erklärt. Gemeinsam mit anderen Kursleitern losziehen, die Mädels aus den Kursen sammeln, easy, hat er gesagt, weil alle Mädels aus den Kursen gerne mit den Kursleitern plauderten, und dann ergab sich schon was. Es ergab sich immer etwas, wenn man nur lange genug plauderte und tief genug in Augen schaute und, je nachdem, sich langsam oder auch offensiv vortastete, im wörtlichen Sinn. Ein Kurs außer Programm, hat er gesagt, für manche der wichtigste Kurs, und nur die Anfängerinnen glaubten, es gehe um LIEBE.

»Hör mir auf mit der Liebe!«

Männliche Verachtung allen Varianten weiblicher Liebessehnsucht gegenüber, die doch nur anstrenge und ermüde, man möge ihn verschonen.

Ermüdend also, hat Luise gedacht. Anstrengend. Als sie ihm zuhörte, meinte sie, etwas über sich beschließen zu können: Man nahm sich doch immer viel zu ernst mit seiner Sehnsucht, das wäre doch endlich einmal auch zu begreifen.

Später an diesem Abend, oder schon fast in der Früh, erzählte er ihr eine wirre Geschichte, von seiner ersten Freundin, Dani, die er zum Krüppel gefahren hatte. Er hatte sie im Krankenhaus besucht, die Krankenschwester hatte ihn hinausgeschickt, weil sie Dani den Katheter wechseln musste, er war nicht mehr zurückgekommen. So habe er sich sein Leben nicht vorgestellt, so habe er sich die Liebe nicht vorgestellt, der Freundin den Arsch wischen, womöglich, er habe sich aus dem Staub gemacht.

Und, sagte Luise nach einer langen Pause, ob das jetzt sein Lebensmotto sei: Einmal Scheißkerl, immer Scheißkerl?

Am nächsten Tag schien er sich nicht mehr an das Gespräch zu erinnern. Aber manchmal, wenn Luise ihm nun zusah, wie er sich betrank, mit System, wie er Kursteilnehmerinnen abschleppte, wie er mit den Freundinnen und Frauen der Kursleiter flirtete, manchmal meinte sie zu sehen, was unter seinem Aufreißergebaren lag.

Das Meer räuspert sich, einmal, zweimal.

DIE LIEBE, denkt Luise. DIENERVIGESACHEMITDERLIEBE.

Ein plötzliches Verlangen überschwallt sie, und eine Erinnerung, du wirst nicht, ermahnt sie sich, hörst du?, du wirst absolut nicht in alten Geschichten versinken. Absolut nicht. Sie richtet sich auf, sie atmet durch, sie trinkt aus ihrer Wasserflasche.

Die Insel also und Luise, mit ihren bescheidenen Vorstellungen vom gesteigerten Leben: Salzige Luft atmen, eine bestimmte Brechung des Lichts sie im Herzen treffen lassen, sich mit anderen verbinden, zwei Wochen lang, mit sich selbst verbunden sein – Luise rekelt sich auf ihrer Liege.

Sie weiß, wie das hier abläuft. Spätestens am zweiten Tag ist man eingeschworenes Mitglied der Sing-Tanz-Theatergruppe, am dritten Tag hat man bis dahin Unbekannten sein Leben erzählt und am vierten Tag weiß man, wie man sein Leben ganz anders und viel besser führen wird. Am fünften Tag hebt man ab, und wenn man zwei, gar drei Wochen gebucht hat, hat man eine Ewigkeit, um zwischen Logos Bar, Ionion und Coffee House, dem Meer, dem Berg und den Olivenhainen ein ganz neuer Mensch zu werden.

Sie aber, abgeklärt und kurserfahren, wird sich aus allen Versuchungen und Verstrickungen, aus außerprogrammmäßigen Sonderkursen und Eigendynamiken heraushalten. Die kleinen menschlichen Dramen, die sich aus der Leichtigkeit des Seins unter griechischer Sonne ergeben, werden vor ihr abrollen: Anflüge von Heroischem, wenn jemand ernsthafte Konsequenzen für sein weiteres Leben zieht, Aspekte des Tragischen, wenn sich jemand tatsächlich und unglücklich verliebt, oder die Heiterkeit, auch das eine Möglichkeit, die Heiterkeit einer Sommerliebe – Luise wird, leicht amüsiert, zuschauen, und sicher sein.

Ein Schatten fällt auf Luise. Fanni, die voriges Jahr im Singkurs neben ihr gesessen ist, wackere Mitstreiterin im Bemühen um den richtigen Ton und Rhythmus; 7/8-Takt bei *Lemonaki*, Sommerfreundin.

Luise kreischt auf, sie umarmt Fanni. Und dann marschieren sie, wild gestikulierend, Richtung Taverne, wo Fannis Mann und ihre zwei Kinder schon das erste Moussaka, die ersten Spießchen, den ersten Tsatsiki bestellt haben.

Am Abend der Begrüßungscocktail unter bunten Lämpchen und blinkenden Sternen. Heftiger Austausch von Klatsch und Tratsch. Luise radebrecht sich mit dem schwarz gelockten Sänger der Inselband durch ein Gespräch – Musik, Frieden, Ewigkeit. Tagsüber gibt Vassilis sich existenzialistisch umflort, nie in einer Badehose am Strand gesichtet, aber nächtlicher Nacktbader – so jedenfalls hört man von verzückten Mädchenfrauenscharen. Eine tragische Schöne schleppt ihn ab.

Nicht kursleiterkompatibel, notiert Luise am Ende des Tages in ihr Inselbuch. Nicht, dass sie das wollen würde. Aber es ist festzustellen: Zu wenig hiervon, zu viel davon – nicht kompatibel.

Das Meer tut, was von ihm zu erwarten ist. Es rauscht. So lange, bis Luise eingeschlafen ist. Und auch noch, als sie am nächsten Tag aufwacht. Es ist der erste Tag.

1. WOCHE

1. TAG / SAMSTAG

AMPHITHEATER

Das Meer rauschte. Durch die halb geöffneten Fensterläden sickerte das Morgenlicht. Luise öffnete die Tür. Sie hüpfte ein paar Schritte über die Terrasse, sie grub die Zehen in den sandigen Boden. Vor ihr lag ein kleines Wäldchen, dahinter das Amphitheater, das auf einem steil zum Wasser abfallenden Hügel thronte. Ein großes weißes Segel spannte sich über einen Plankenboden und das aufsteigende Halbrund der Sitzreihen. Nach vorne war der Blick frei auf das Meer, morgenblau.

Das kleine Glück des Tagesanfangs: Weißbrot, Butter, Honig. Ein runder blauer Tisch, auf dem lagen zwei Muscheln, die hatten ihre Vorgänger hiergelassen. Gegen neun Uhr dann griechische Melodien – Sirenengesang, dem die Sommerakademiker ins Amphitheater folgten. Luise winkte nach allen Richtungen. Der Sopran vom Vorjahr, der so streng mit Fanni und ihr gewesen war, weil sie, statt Terzen zu singen, immer in die Oktav gegangen waren. Käthe und ihre Tochter Irene, ihre Terrassennachbarn im letzten Sommer; das Paar aus dem Aquarellkurs, die Mathelehrerin aus Wien, der Typ mit dem Steine- und Schmuckladen …

»Es hat schon was«, sagte sie zu Fanni, als sie sich neben sie setzte. »Du kommst her und es ist, als wärst du nie weg gewesen.«

»Nur wir werden älter«, seufzte Fanni.

Luise sah sie erstaunt an.

»Es ist nur«, sagte Fanni. »Die Kinder werden so schnell groß.

Lara ist elf, Timmi wird im Herbst zehn. Dann gehen sie fort und wir sind alleine, Harry und ich …«

»Und?«

Barbara betrat die Bühne, wünschte »Kaliméra« und warf sich in ihren Sermon, den Luise schon von früheren Sommern kannte: Keine Zimmerhandtücher am Strand, Leintücher seien keine Sonnensegel, das Kanalsystem der Insel sei veraltet, dementsprechend kein Papier in die Toiletten; es sei sparsam mit dem Wasser umzugehen, der Bus in die Stadt fahre bei der Bäckerei ab, man solle aber nicht auf Pünktlichkeit pochen, in Griechenland gingen die Uhren anders – »Sígas, sígas!«, fiel der Chor der Alteingesessenen ein. Einen Bankomat gebe es nur in der Stadt, Informationen zu Kursen und Ausflügen seien gleich hinter dem Amphitheater beim Sekretariat ausgehängt, Anmeldungen zur Morgenwanderung auf den Skopos, zum Segeltörn, zur Inselrundfahrt erfolgten ebenfalls dort.

Luise hatte einen Moment höchsten Glücks. Ihre nackten Füße streiften über den rauen Holzboden, über den Sand, den der Nachtwind vom Strand heraufgeweht hatte. Die Luft roch schon nach der kommenden Hitze, nach Kräutern und Harz; leise fächelte Grünes. Ein einsames Segel stand still im Blau.

Einer nach dem anderen wurden die Kurse vorgestellt. Freundlicher bis enthusiastischer Applaus begrüßte die Leiter und Leiterinnen. Volleyball, Wandern und Radfahren, Kinderbetreuung, Schmuck, Trommeln, Theater; Singen mit Marios und Julie, Fotografie mit Berti, Aquarell mit Marlies – Frida, fast zwei, ein geblümtes Häubchen auf den Ringellocken, äugte neugierig ins Publikum und stakte hinter der Mama her. Aktzeichnen sah auch nicht schlecht aus, dann Acryl. Farbbekleckste Leinenhosen. Ein weißes, bis zum Nabel offenes Hemd und das schwarze Gekräusel auf Brust und Bauch signalisierten Männlichkeit, Potenz. Fanni verdrehte die Augen.

Mit einer ungeduldigen Geste würgte Teddy den Applaus ab: »Keine falsche Cheflichkeit … Warum wird chier applaudiert?«

»Harry hat gemeint, wir sollen seinen Kurs boykottieren«, zischte Fanni Luise zu.

Idioten, so habe er am Vorabend die Sommerakademiker genannt, unfähige, eingebildete Stümper, denen man, weil sie zahlten, Honig ums Maul schmiere, denen man vorgaukle, sie wären zu Größerem berufen, Schweine, vor die er, Teddy, seine Perlen werfe.

Dass Harry gesagt habe, Teddy könne mit seinen Perlen sonst wohin abziehen, es sei doch keiner neugierig auf ihn, woraufhin sich Teddy habe prügeln wollen, seine Frau habe Teddy aber weggezogen.

Luise warf einen Blick auf Teddys Frau, Isolde, die, groß gewachsen, schön, unter dem Eukalyptusbaum bei den Duschen stand. Sie hatte, erzählte man sich, ihre eigene Karriere hintangestellt, als die Kinder gekommen waren, ein Bub und ein Mädchen, die jetzt zu quengeln begannen. Sie sei die Begabtere gewesen, die Originellere, wilde, rohe Kraft auf der Leinwand, Malerei als Gewaltakt. Auf ihren großflächigen Bildern stellten Frauen ihr Geschlecht zur Schau, oder es sprangen vaginaförmige Muscheln, Blüten, Astlöcher blutrot den Betrachter an. Teddy sei im Vergleich zu ihr ein Kleckser gewesen, das hätte beinahe ihre Beziehung gesprengt, die Kinder hatten dem ein Ende gemacht. Oder jedenfalls Isoldes Karriere ein Ende gemacht. Jahrelang nichts, jetzt male sie wieder, hieß es, winzige Bilder von steinernen Gehäusen, die ein wertvolles Kleinod schützen.

Mechanismen weiblicher Unterwerfung, dachte Luise. Und dass sie sich dem nicht mehr ausliefern würde, dass eine Sehnsucht, ein Begehren, ein Verlangen, eine Leere von einem anderen gefüllt, gestillt werden sollte.

Isolde zog die quengelnden Kinder fort.

»Und, werdet ihr?«, fragte Luise.

»Werden wir was?«

»Euch weigern, den Kurs zu besuchen?«

»Wenn die Damen nicht interessiert sind …«, schnarrte Teddy in ihre Richtung. »Ich bin es nicht gewöhnt, vor einem Chühnerstall zu reden.«

Das Auditorium hielt den Atem an.

»Wer den Kienstler nicht schätzt, schätzt auch die Kunst nicht. Wer die Kunst nicht schätzt, ist cherzlos, geistlos, chirnlos. Kunst ist Kampf. Kunst ist Krieg.«

Abgang Teddy.

Barbara murmelte etwas von eigenwilliger Persönlichkeit und spannender Auseinandersetzung, sie gab die Kurszeiten bekannt und ging dann erleichtert zum nächsten Kursleiter über.

»Gut, dass Harry nicht da ist«, sagte Fanni. »Mord und Totschlag, ich schwöre dir.«

Weiter ging es mit Yoga und Tai-Chi, mit Meeresbiologie und Tauchen. Jemand kam von der Meerseite auf das Amphitheater zu. Es war die junge Frau mit den roten Haaren. Ihre Haare, ihr oranges Kleid, ihre weißen Arme leuchteten. Harry ging neben ihr. Er berührte sie an der Schulter, sagte etwas mit einer Dringlichkeit, das Mädchen lächelte. Fanni zog scharf den Atem ein.

Die junge Frau ging quer über die Bühne zum Halbkreis der Sitzenden, Harry schien ihr folgen zu wollen, dann sah er Fanni und Luise. Wie verlegen und als zöge eine Röte über sein Gesicht steuerte er auf seine Frau zu. Luises Blick blieb an Berti hängen, auch er hatte diesen Ausdruck in den Augen, wie hungrig.

Ein neuer Kursleiter wurde vorgestellt. Das Mädchen mit den roten Haaren setzte sich.

»War das jetzt der Typ vom Mörderkurs?«, fragte Luise. »Apropos Mörder«, sagte sie mit Blick auf einen Schwall roter Haare, »... willst du gleich damit anfangen oder wartest du damit bis um zwölf?«

Fanni zuckte die Schultern. »Ich kann warten. Wie wär's mit Frühstück?«

IONION

Harry und die Kinder hatten den besten Platz im Ionion besetzt – unter der Kiefer, mit Blick auf das Meer. Nach links hin sah man bis zu den Taucherfelsen, am Horizont stieg aus dem Dunst Kefalonia auf, nach rechts blickte man über rote Ziegeldächer und die Küstenlinie, geradeaus war das Meer, das Meer, das Meer.

Vielleicht war es ein Glück, dachte Luise, dass sich ihr Empfinden so stark mit Orten verknüpfte. Mit Bäumen, mit wogendem Gras, mit der Kühle in einem Durchgang, mit der Wärme eines Steins, mit Nebel, der an Mauern drängte, einer Gasse im Dämmerlicht, einem Straßengewirr. Mit Marmorsäulen, natürlich, mit Steinbänken, Kuppelbauten, Plätzen vor Kirchen und regenglänzendem Asphalt.

Dass es mehr Orte gab als Menschen, die sie aufsuchen konnte, dachte sie. Und was sagte das über sie?

Ein Kellner brachte knusprigen Speck mit Eiern, Joghurt mit Honig, bitteren griechischen Kaffee.

»Es ist doch unglaublich, was sich dieser Mensch leistet!«, sagte Harry, als er sich eine Frühstückszigarette anzündete. »Wir sind jetzt das vierte Mal hier und es ist jedes Jahr dasselbe. Irgendwann gibt es immer Ärger mit Teddy, aber dass er jetzt schon bei der Vorstellungsrunde ausfällig wird, das ist neu!«

»Er scheint Stress zu haben«, bemerkte Fanni. »Was weiß man, was in den letzten Wochen passiert ist.«

»Er hat immer Stress und es passiert immer etwas! Weißt du nicht mehr, wie er voriges Jahr aus heiterem Himmel am Bauernhof das Essen vom Tisch gefegt hat? Weil es den Tisch entweiht hat, auf dem er arbeitet!«

Fanni, durch Harrys heftige Reaktion auf Teddys beleidigendes Benehmen wieder im inneren Gleichgewicht, erzählte abwechselnd mit Harry aus dem reichen Teddy-Anekdotenschatz. Wie er einmal einen Teilnehmer, der seine Farbtuben nicht zugeschraubt hatte, von oben bis unten mit Farbe beschmiert hatte, um ihm das Ausmaß der Ignoranz gegenüber dem Material vor Augen zu führen. Wie er sich prinzipiell mit leicht geschürzten Mädchen umgab. Wie er seine Frau als unfähige Kuh beschimpfte, wenn die Kinder während der Siesta seine Ruhe störten.

Und trotzdem fänden sich noch Teilnehmer für seine Kurse?, fragte Luise. Typen, die meinten, ohne Neandertal-Gehabe funktioniere das Künstlersein nicht? Der Urschrei in der Malerei sozusagen? Tarzan goes art?

»Ich will einfach malen!«, sagte Harry. Und trotz all seiner Eigenheiten habe er Teddy – wenigstens als Maler – bisher vertraut.

»Und das tust du jetzt nicht mehr?«, fragte Luise.

»Wir müssen«, sagte Harry und winkte dem Kellner. Sie zahlten, dann zerstreuten sie sich in alle Richtungen. Harry warf sich in den Theaterkurs, Lara schaute zur Meeresbiologie, Timmi zum Schmuck. Fanni und Luise gingen morden.

MÖRDERKURS I

In der Laube vor dem Sekretariat tanzten Licht und Schatten.

Hübsch, dachte Luise. Und dass doch immer die Idylle der Geburtsort des Grauens war.

Sie ließ den Blick über die Anwesenden gleiten, nickte Käthe und Irene zu, sie wunderte sich über Bertis Anwesenheit, als sich aber das Mädchen mit den roten Haaren auf den vorletzten freien Sessel setzte, wunderte sie sich nicht mehr. Durch halb geschlossene Augen betrachtet färbte sich die Welt rot.

Der Kursleiter, Paul, stellte sich vor. Er komme, sagte er, vom Theater. Was er ihnen im Rahmen des Schreibkurses anbiete, seien Schreibanlässe, Möglichkeiten, alleine und in der Gruppe Geschichten zu erfinden. Er sehe sich weniger als einen, der stilistisch eingreife – »da soll jeder für sich experimentieren« –, seine Herangehensweise sei eine eher dramaturgische.

»Wie nutzen wir bereits vorhandenes Material? Wie können wir Geschichten verschärfen, zuspitzen?«

Dialogarbeit, sehr gerne – wenn hier brauchbare Theatertexte entstünden, könne in der nächsten Woche eventuell die Theatergruppe damit arbeiten.

Schreibanlässe, dachte Luise. Die eine oder andere Idee würde sie für die Schule abwandeln können. Ohne den Zwang zur Perfektion. Jenseits der Argumentation, jenseits der Analyse und Interpretation. Die Notwendigkeit für Jugendliche, sich die Welt zu erschreiben, eine eigene Sprache zu finden. Und gälte das nicht auch für sie.

Paul lächelte in die Runde. Bisherige Erfahrungen mit dem Geschäft des Mordens?

Wenig praktische, stellte sich heraus, aber doch einige theoretische Kenntnisse. Schon teilte sich die Gruppe in die Hard-boiled und in die Rationalen, in die, die klassische englische Atmosphäre und in die, die realistische Polizeiarbeitkrimis vorzogen. Nationale Gruppierungen, Grausliches auch, und dann gab es noch die, die Wolf Haas liebten und die anderen.

Ganz klar auch, was einen Krimi ausmachte. Zuerst einmal: ein Mord. Logisch. Herausfinden, wer der Täter war und warum gemordet wurde. Überhaupt das Rätselraten, die Spannung. Entlarven, aufdecken, Rekonstruktion von bereits Geschehenem. Das Spiel mit Motiven, mit Verdächtigen. Spuren, die zum Ziel führten und falsche Spuren, red herrings.

Immer spielte die Vergangenheit eine Rolle. Klassischerweise stand der Mord am Beginn der Handlung, die aufzudeckende Geschichte war schon passiert. Der Weg führte von der Gegenwart in die Vergangenheit und wieder zurück, und am Ende, nach der Aufdeckung, würde sich etwas verändert haben.

Figuren im Kriminalroman? Das Opfer. Der Mörder, die Mörderin. Die Verdächtigen. Der Detektiv: eine Privatperson, ein Berufsdetektiv, ein Polizeibeamter, alte Damen.

»Fein«, sagte Paul. »Alles Expertinnen und Experten. Wunderbar.«

Dass er Grübchen hatte, dachte Luise versonnen.

Passend zum Ort, sagte Paul, wolle er ihnen noch ein paar Anregungen aus der reichen Fundgrube der griechischen Mythen mitgeben. Angefangen bei der Schöpfungsgeschichte stolpere man bei den Griechen von einem grausigen Verbrechen zum nächsten. Am liebsten im Kreis der Familie – Vatermord, Muttermord, Kindsmord, Abschlachtung von Ehegatten, Kannibalismus – von diesem Horrorkabinett könne man sich durchaus inspirieren lassen.

Grübchen, dachte Luise. Eine feine Narbe über der Augenbraue.

Weiters finde man bei den alten Griechen die Personifikationen von übergeordneten Gewalten, die auch im modernen

Kriminalroman, gebrochen oder ungebrochen, eine Rolle spielten. Themis, die Göttin der Gerechtigkeit etwa, oder Mnemosyne, das Gedächtnis. Die Ordnung, die durch das Verbrechen gestört worden sei, müsse wiederhergestellt werden. Das Vergangene sei nicht tot, das Tote nicht ausgelöscht, die Erinnerung bewahre das Wissen über das Unrecht und endlich werde das Böse geahndet und gesühnt, der Verbrecher seiner gerechten Strafe zugeführt. Erst Aufklärung und Sühne brächten so etwas wie Frieden – und jedenfalls das Ende jeder Kriminalgeschichte.

Er fuhr sich mit beiden Händen durchs Haar.

Hübsch, dachte Luise. Wuschelhaar.

Dass es ein großes Glück sein müsste, dachte sie, GLÜCK, GROSSES, fallen zu können. Besinnungslos fallen, wie fliegen, und obwohl das doch entgegengesetzte Bewegungen waren, schien ihr, es müsste eine einzige sein, fallen also, aber nicht stürzen. Nicht aufprallen, dumpf und stumpf, in einer empfindungslosen Gegenwart.

Wissen und Nichtwissen, sagte der Typ in Schwarz, Philipp. Viele Verbrechen geschähen, weil Dinge nicht gewusst oder im Dunkeln gehalten würden. Stichwort Ödipus: Aus Unwissenheit zum Vatermörder werden. Andererseits: Stichwort Atriden: Weil eben nicht vergessen, nicht vergeben werden konnte, reihte sich ein grausiges Verbrechen ans noch grausigere, Opfer und Täter mitleidlos miteinander verstrickt.

Eine der beiden älteren Damen räusperte sich. »Eine Erlösung gibt es ja bei den Griechen nicht, oder?«

Nein, sagte ihre Schwester, aber es gebe Nemesis, die Gottheit des rächenden Schicksals, die jede Verletzung der ewigen Ordnung der Dinge strafe. Und es gebe die Erinnyen, Dienerinnen der Nemesis. Aus dem Blut des Uranos hervorgegangen, der von seinem eigenen Sohn entmannt wurde. Alekto, der unversöhnliche Groll, Tisiphone, die Blutrache, Megaera, der Neid mit dem bösen Blick, blutstinkend.

Wilde, nachtragende Weiber, dachte Luise. Dienerinnen, aber mächtig innerhalb eines Rahmens. Und durfte denn das sein: Dass die dunkelsten, die mörderischsten Gefühle eine Rechtsordnung stützten? Oder begann hier die Zähmung der Finsternis, indem man sie ans Licht holte, das ein kaltes Licht war, ohne Gnade?

Paul blätterte in einem Buch. »Die Erinnyen«, las er vor, »hellen mit ihren Fackeln das Verborgene auf und verfolgen erbarmungslos und ohne Unterlass den Verbrecher, den ihre Schlangenhaare, ihre furchtbaren Augen in den Wahnsinn oder in den Tod treiben …«

»Cool«, sagte Alex, einer der beiden jungen Burschen.

»Man könnte also sagen«, meinte Simon, Alex' Freund, »dass die modernen Erinnyen die Detektive sind, die nicht ruhen, bis sie den Täter geschnappt und überführt haben.«

Schallendes Gelächter. Der Alte mit Schlangenhaar, Kottan als grimmer Todesgott.

Und schließlich, sagte Paul, weiter in seinem Buch blätternd, gebe es noch die Moiren, die Schwestern der Erinnyen, denen Menschen und Götter untertan seien. Klotho spinne den Schicksalsfaden, Lachesis, die Zuteilende, bemesse die Länge des Lebensfadens. Sie sei der Zufall, das Los. Atropos, die Unbeugsame, sei die Todesstunde, der keiner entrinne.

Heiße das also, sagte eine der beiden älteren Damen, dass Zufall und Schicksal eins seien und das Leben sowieso von wem anderen gesponnen werde, nicht von uns? Wie gehe man dann aber mit der Frage nach Schuld und Verantwortung um? Erfüllten Mörder nur ihre Bestimmung? Oder gebe es eine absolute Freiheit des Handelns, sei man immer Herr – und Herrin!, fügte ihre Schwester hinzu – der Entscheidungen und

Taten, die man setze? Wie viel Unfreiheit trage man in sich, was alles bestimme unser Tun?

»Drei alte Frauen als Herrinnen über Leben und Tod«, sagte ihre Schwester, das sei doch jedenfalls bemerkenswert. Und ob das nicht eine Idee für einen Krimi sei, drei Schwestern, die Schicksal spielten?

»Mir gefällt das mit den Erinnyen«, sagte Lili, das Mädchen mit den roten Haaren.

»Ja?«, fragte Paul.

Dass die böse Tat dem Täter folge. Dass das Blut schrie und den Mörder suche. Es solle keiner davonkommen. Keiner.

Eine Blüte löste sich vom Zweig und fiel, sich um sich selbst drehend, zu Boden. Brennendes Rot auf steinernem Grund.

IMMER NOCH IN DER LAUBE VOR DEM SEKRETARIAT

»Ich«, sagte Luise, »ich würde ja das hier als Schauplatz wählen.« Mit einer Handbewegung umfasste sie das Gelände der Sommerakademie.

Ganz wie bei Agatha Christie sei doch die Insel der ideale Ort, um einander bekannte und unbekannte Personen aufeinandertreffen zu lassen. Die zufällige oder auch nicht zufällige Begegnung bringe etwas in Bewegung, das sonst nicht passiert wäre. Irrungen und Wirrungen, dunkle Geheimnisse, emotionale Verstrickungen. Dazwischen würden Cocktails gereicht.

»Der Mord passiert während der Schlusspräsentation«, schlug Helene vor, »auf offener Bühne!«

»Oder es geht einer beim Segeln über Bord!«

»Viele erkranken an einer Lebensmittelvergiftung, aber nur einer stirbt!«

»Es muss natürlich jemand aus dem Schreibkurs sein!« Alex sah düster in die Runde. »Einer von uns hat eine dunkle Vergangenheit. Einer von uns hat etwas getan, das keiner weiß. Einer von uns ist ein Mörder.«

»Danke für die Überleitung«, sagte Paul und lächelte Alex und Luise zu.

Braune Augen?, dachte Luise. Grüne? Und jedenfalls Grübchen.

»Wir haben also den Krimi als Genrevorgabe. Wir haben die griechischen Mythen als mögliche Inspiration, wir haben allgemeine Prinzipien, die mit Leben und Tod in Verbindung stehen. Wir haben die Insel, die Sommerakademie, möglicherweise diese Laube hier als Handlungsort. Und«, Paul sah in die Runde, »wir haben uns selbst als Material.«

Definitiv grün mit goldenen Einsprengseln.

»Mit uns selbst meinen Sie«, Hilde – oder Martha? – tat sich noch schwer mit dem hierorts üblichen Du-Wort, »unsere eigene Vergangenheit? Also Dinge, die wir getan haben? Oder die uns passiert sind?«

Ihre Schwester, Martha – oder Hilde? – rief: »Immer nur heraus mit den dunklen Geheimnissen!«

»Quasi die Leichen im Keller«, grinste Simon.

Berti ächzte.

»Mein Vorschlag ist, ihr geht einmal in euch selbst und erforscht eure mörderische Seite.«

»Aaaaaaaarrrrrgh!«

Ein grässlicher Schrei ertönte. Alex zog ein imaginäres Messer, stürzte sich auf Simon und stach auf ihn ein. Simon verröchelte unter schrecklichen Zuckungen zu Alex' Füßen.

»So circa«, sagte Paul.

Die dunkle Seite anschauen, fuhr er fort. Die nicht öffentliche Seite. Den eigenen Hass, die eigene Wut und Aggression, die eigene Hilflosigkeit vielleicht als Ausgangspunkt des Schreibens. Schichten des eigenen Ichs als Material für Figuren.

Aber, dachte Luise, sie war ihrer eigenen Gefühle so überdrüssig, des immer gleichen Wühlens im immer gleichen Sumpf unendlich überdrüssig. »Nein?«, fragte Paul.

»Ich weiß nicht«, sagte sie.

Philipp schnaubte laut auf. Die Annahme, die hier zugrunde liege, dass sich Literatur vorrangig aus der Person des Schreibenden erkläre, halte er für höchst unzulässig, aber, er schnaubte noch einmal, sie möge für diesen Kurs genügen. Was ihn als Schreibenden, als Krimischreibenden interessiere – und damit warf er sich in einen längeren Exkurs, in dem er mehrfach die Frankfurter Schule nannte, Adorno, Horkheimer, Marcuse, Bloch und Brecht, er endete mit »… ist von der Struktur her immer noch eine Schlacke kapitalistisch-kleinbürgerlichen Denkens und Empfindens. Ich frage mich, ob das wohl aufzubrechen ist?«

»Hört, hört«, sagte Berti und fixierte Philipp aus zusammengekniffenen Augen.

Die Gruppe starrte Philipp gebannt an. Da hatte einer seine Hausübungen gemacht. Aller Augen richteten sich auf Paul.

Paul nickte, lächelte.

»Du spielst hier auf Béla Balászs' Schrift ›Der Detektivroman‹ an, nicht wahr?« Er fuhr sich durchs Haar.

Dass manches von Balászs' theoretischem Ansatz – die Kapitalismuskritik, die Auseinandersetzung mit dem Bürgertum, Kleinbürgertum – sicher auch heute noch sehr brauchbar sei – wenn jemand sich für Krimitheorie interessiere, er habe eine kleine Bibliothek mitgenommen. Dass es sicher möglich sei, einen Krimi zu konstruieren, der von diesen theoretischen Ansätzen gespeist werde. Postmodernes Verwirrspiel, große intellektuelle Herausforderung! Die endgültige Überwindung des klassischen Krimikonzepts. Der Tod des Kleinbürgers, wieder einmal!, und das Ende der Romantik im Kriminalroman! Wenn Philipp das untersuchen wolle – er sei dabei.

Philipp brummte etwas und lehnte sich in seinen Sessel zurück.

»Im Prinzip aber, würde ich sagen, gehen wir es ein wenig einfacher an.«

»Was ist jetzt mit Schreiben«, fragte Bruno, der schon seit einiger Zeit ungeduldig auf seinem Sessel herumrückte.

»Ja, was ist mit Schreiben? Tun wir, oder?«

Zuerst entwarfen sie Listen: Wofür ich morden würde: Ein kühles Bier, eine kalte Dusche, eine Villa am Meer. Erster sein beim niederösterreichischen Gartenwettbewerb. Eine üppige Blondine. Grüne Augen und Grübchen, dachte Luise. Ein ganz und gar anderer Mensch sein.

Sie suchten Tatorte: ein Kloster, eine Villa am Meer, einen Keller, ein Klassenzimmer, ein Putzkammerl in einem Fünfsternehotel, ein Labyrinth aus Buchsbaumhecken, ein Zugabteil, eine U-Bahn-Station, eine Badewanne, die Werkstatt eines Tierpräparators, eine Straße.

Wege, um eine Figur zu erfinden: Namen. Biografische Daten. Das Äußere und wie man sich nach außen gab. Und aber: Wie das Außenbild im Inneren zerbröselte. Lebensziele. Prioritäten. Ganz unwichtige Details, Zucker im Kaffee oder nicht, Bettsocken oder nicht und ihre Farbe. Worüber lachte die Person und was wollte sie verbergen? Undsoweiter undsoweiter.

Was alles konnte ein Mordinstrument sein? Die Klassiker: ein Messer, eine Pistole, ein stumpfer Gegenstand. Gift, natürlich, langsam wirkend bevorzugt, da sollte einer leiden und mitbekommen, dass er starb – »verreckt«, sagte Alex – und nichts dagegen tun konnte. Und dann noch: ein Blumentopf, eine Hühnerfeder, ein Eiszapfen, ein Auto, ein stromführendes Kabel, ein Gartenschlauch, die gesammelten Werke wahlweise von Shakespeare, Schiller und Goethe, die Bibel, ein Zirkel, ein Stück Seife, Nahrungsmittel mit eingeschmuggelten Allergenen, ein abgerichteter Hund.

»Hoher verbrecherischer Energielevel!«, sagte Paul erfreut.

Der erste Krimikurs endete mit Gelächter, als sie gemeinsam ihre Fantasiemörderin bastelten: Isabella Rocco, heißblütig! – abgelehnt, weil Klischee –, eine Nonne mit einer Sammlung sakraler Gegenstände, eine Äbtissin auf der Suche nach dem heiligen Gral – oder auch: Isabella Rocco, nicht mehr ganz junge Frau des unambitionierten Besitzers eines Gemischtwarenladens, Kleinbürger, wie sie im Buche standen. Isabella, die jüngste von drei Schwestern, hatte es satt, Äpfel, Konserven und Nähseide zu verkaufen, während ihre Schwestern das Geld ihrer wohlhabenden Ehemänner verprassten, Isabella also verzehrte sich nach einer Villa am Meer, mit Pool, Rolls-Royce und einem rassigen – also gut: rassigen – Chauffeur. Eines Tages betrat ein Weltenbummler, der fatal an Brad Pitt erinnerte, ihren Laden und damit nahm das Unglück seinen Lauf …

Am Ende des Kurses teilte Paul Zettel aus.

»Hausübung. Steht alles drauf!«

Hach, der jungenhafte Charme!

LUISES PLATZ

Unterhalb der Taverne Nikos, auf einem sandigen Felsplateau, quietschte eine Schaukel. Staubige Nadelbüschelchen, eine wackere Strandlilie und Töpfe, von denen gelbe, rote, türkise Farbe abblätterte, gaben den Blick frei auf das Meer.

Luise, ihr Inseltagebuch im Schoß, in das sie die Kursinhalte des Tages eingetragen hatte, Beobachtungen zum Wetter, zum Zustand des Meeres und der Luft, Glücksmomente, Blabeldibla, und welche Augen einer hatte und welches Haar.

Jetzt koalierte Luise mit ihrem Schirmnachbarn. Sigi war auch im Vorjahr ihr Stammliegenachbar gewesen, schon gestern hatte er sie enthusiastisch begrüßt, als Heimkehrende, und als wäre er der Gastgeber und nur hier das wahre Leben.

»Einer von uns«, sagte sie zu Sigi. »Es müsste natürlich einer aus dem Schreibkurs sein! Der Täter und auch das Opfer!«

Der Reihe nach gingen sie die Schreibkursler durch. Käthe und Irene – voriges Jahr hatte sie mit den beiden gefrühstückt, sie waren gemeinsam im Singkurs gewesen, sie hatten die Inselrundfahrt gemacht – aber was wusste sie von ihnen? Käthe arbeitete in einem Ministerium, Irene hatte vor ein paar Wochen maturiert, sie wollte Latein und Altgriechisch studieren, eine kluge, selbständige Frau und ihre kluge Tochter – wo wäre da Raum für dunkle Geheimnisse? Im Privatleben? Im Ministerium?

Alex und Simon, künftige Maturanten mit Spezialgebieten in Biologie – die würden, jedenfalls bei Agatha Christie, ausreichende Kenntnisse über Gifte besitzen. Aber wäre ihnen ein Mord zuzutrauen? Ein Streich, der tödlich endete? Oder würden sie, aufmerksame Beobachter, dunkle Vergangenheiten aufdecken und deswegen unschön zu Tode kommen?

Berti, irgendwo um die vierzig, und Lili, die fast seine Tochter sein könnte. Waren sie schon ein Liebespaar? Würden sie ein tragisches Doch-nicht-Liebespaar bleiben?

Sigi rollte die Augen.

»Ganz schwierig«, sagte er und redete los, wie immer, ohne Punkt und Komma, »ganz ganz schwierig du kennst doch Birgit die lässt ihn nicht einfach gehen ich habe ihn noch nie so gesehen richtig verliebt weißt du richtig richtig verliebt so wie sie dich anschaut sag ich zu ihm ...«

Eifersüchtige Freundinnen waren bei Berti und Lili mitzudenken, eifersüchtige Nebenbuhler, eifersüchtige Ehefrauen, hungrige Blicke – und war dies, die Benennung des Blickes als hungrig, Klischee? Schablone? Oder beschrieb es, zutreffend und ausreichend, was sie gesehen hatte? – Jedenfalls aber wäre dann auch Fanni mit einem Motiv versorgt.

In einem Roman, dachte Luise – und dass sie gewusst hatte, dass sie diesen Satz hier wenigstens einmal denken würde! –, in einem Roman wären Berti und Lili ihres Lebens nicht mehr sicher.

»Weißt du was über diesen Typen in Schwarz, Philipp?«

Und Sigi, eine unerschöpfliche Quelle der Information, spuckte, was er wusste, aus. Philipp, der letzte Woche mit ihm den Tauchkurs gemacht hatte, war Redakteur bei einer Salzburger Zeitung, Aufdecker, Enthüller, was nicht gesetzeskonforme Geldflüsse betraf, ein rotes Tuch für etliche Salzburger Landespolitiker.

»Er hat vor ein paar Jahren auch ein Buch geschrieben großer Erfolg glaub ich ich hab's aber nicht gelesen kann dir jetzt nicht sagen worum's da geht ...«

Zudem, erinnerte sich Luise, schien Philipp eine Vorliebe für Krimis mit religiösem Hintergrund zu haben. War eine Verstrickung mit dem Salzburger Domkapitel denkbar? Kleine, schmutzige Privatangelegenheiten oder gröbere Wirtschaftsverbrechen? Wer mehr darüber wusste, lebte jedenfalls gefährlich.

Bloß keine Ritualmorde, dachte Luise. Sie zog prinzipiell den appetitlichen, möglichst unblutigen Mord vor.

»Dann hätten wir noch Martha und Hilde, die zwei älteren Damen, sie sind Buchhändlerinnen im Ruhestand.«

»Ganz klar«, sagte Sigi. »Giftmord.«

Und wahrscheinlich strickten sie, während sie den nächsten Mord planten, für ihre Patenkinder rosa Jäckchen und rosa Häubchen und Söckchen, aber ihre Kurzsichtigkeit führte dazu, dass sie sich beinahe selbst vergifteten – was die Ermittlungen in die falsche Richtung lenken würde. Oder vielleicht endete eine mit einer Stricknadel mitten im Herzen …

Blieben noch Helene und Bruno, das Ehepaar mittleren Alters, die sich bereits als Gartenliebhaber geoutet hatten, was per se verdächtig war.

»Die streuen sich«, sagte Luise, »das Unkrautvernichtungsmittel gegenseitig in den Frühstückskaffee.«

Bruno war Orthopäde, Helene Buchhalterin – reichte das aus, um sie zu potenziellen Opfern oder Mördern zu machen? Geldunterschlagung, Liebeshändel, orthopädische Skandale – etwas würde sich finden lassen.

»Und dann gibt es in der Runde noch mich.« Luise wiegte den Kopf.

»Beleidigte Schüler. Oder ihre Eltern. Die mir Machtzerfressenheit vorwerfen und mir die Schuld an einem verpfuschten Leben geben. Hätte ich nur dem einen oder der anderen die bessere Note gegeben. Aber so … mea culpa – klassisches Lehrerlos.«

Sigi nickte. »Klingt logisch.«

»Und du?«, sagte Luise. »Wie war's bei dir?«

»Toller Vormittag!« Sigis Augen glänzten. »Theaterkurs mit Hartmut großartig und lustig und ganz anders als vorige Woche vorige Woche waren fast nur Frauen im Kurs am Schluss bin ich als einziger Mann übrig geblieben du glaubst ja nicht wie angenehm das war wie liebevoll jetzt sind wir mehr gemischt da ist der Hartmut wieder voll in den alten Mustern voll in der Konkurrenz und ich sag zum Hartmut das ist jetzt eine voll andere Energie als letzte Woche …«

Luise malte sich das aus. Hartmut und Sigi und eine voll liebevolle Frauengruppe.

»… Frauen gehen einfach anders miteinander um sag ich zum Hartmut viel rücksichtsvoller also da war eine Zärtlichkeit ja wirklich eine Zärtlichkeit«, wiederholte er, als Luise ein glucksendes Geräusch von sich gab.

Total liebevoll, kritzelte Luise in ihr Notizbuch, *Ha!, und ausgerechnet Hartmut? Die Theatergruppe als Ort seelischer Entblößung?, auch das wäre in einem Krimi zu verwenden, und wie rächt sich das, weil rächen muss es sich. Wissen als Waffe, das sowieso. Und als Motiv.*

»… zarte Seele doch ja lach nicht der Hartmut oder auch der Berti im Grunde sind sie zarte Seelen und so eine liebevolle Gruppe kann was gutmachen und da war ich nach dem Theaterkurs mit dem Hartmut noch essen …«

Grüne Augen, dachte Luise. Grübchen. Wuschelhaar.

IONION. UND WEIT WEG

»Warum bist du heuer nicht im Theaterkurs?«, fragte Harry, als sie am Abend im Ionion aßen.

Warum wirklich nicht? Vormittags ging sie schnorcheln, abends sang sie und ja, Theater war zur selben Zeit wie der Krimikurs.

Fanni, die neben Luise saß und ihr mit einem heftigen Schlag und einem auffällig unauffälligen Kopfrucken anzeigte, dass sich der Krimikursleiter, Paul, an einen Tisch gesetzt hatte, sagte zu Harry: »Gib dir keine Mühe, die Luise bleibt beim Morden.«

»Wie ich höre«, sagte Luise, »seid ihr ja ein ganz harter Männerkurs und bringt den armen Hartmut, der knapp davor war, bekennender Feminist zu werden, vom Pfad der Tugend ab!«

Während der Kellner die Salate brachte, die Vorspeisenteller und Calamari, gegrillte Koteletts, in Fett schwimmende Hühnchen und Pommes frites, währenddessen erzählte Luise, was ihr Sigi anvertraut hatte.

Almut und Hedwig, Bekannte vom Vorjahr, die sich zu ihnen gesetzt hatten, prusteten laut heraus.

»Zärtliche Atmosphäre!«, sagte Almut. »Dass ich nicht lache! Zuerst sind ihm alle Männer abhandengekommen …«

»… bis auf den Sigi«, warf Hedwig ein.

»Ja, aber …«, schnaufte Almut, »ist der Sigi ein Mann?«

»Wieso sind die Männer weg?«, fragte Luise. »Der Hartmut kann doch gut mit Männern.«

»Um ehrlich zu sein, ich glaube ja, da waren zu viele Tussen. Wir zwei natürlich nicht«, wehrte Almut Hedwigs Protest ab. »Und Lili – die ist wieder ein eigener Fall. Aber sonst: Das war ein Buhlen um Hartmut, dazu noch Sigi mit seiner Heldenverehrung – der hat sich nahtlos unter die Tussen eingereiht! Zwischendurch hat sich Birgit hysterisch in Tränen aufgelöst, und vielleicht haben es ja auch die Ehefrauen und Freundinnen nicht gerne gesehen, dass ihre Männer in einem so intensiven Kurs mit einer Frau wie Lili zusammen waren …«

»Birgit«, setzte Hedwig fort, »Birgit hat ja geglaubt, es tut ihrer Beziehung gut, wenn sie mit Berti einen Kurs macht. Und dabei ist sie ausgerechnet aufs Theater verfallen. Wegen der Ehrlichkeit, hat sie mir erklärt. Weil die Schwingungen nicht lügen. Womit sie ja dann letzten Endes recht gehabt hat.«

Almut wedelte mit dem Knochen, an dem sie genagt hatte. »Der Kurs selber, du kannst sagen, was du willst, aber was Hartmut aus uns herausholt – wirklich schade, dass du nicht dabei bist, Luise. Vielleicht ja nächstes Jahr wieder?«

Luise, der es zwischenzeitlich nicht entgangen war, dass Paul nicht mehr alleine saß, fragte schroff: »Berti und Lili – wie lange geht das schon? Und wie ernst ist das?«

Mit einem letzten Blick auf die Überreste ihres Mahls schob Almut den Teller mit Knochen und Olivenkernen von sich.

»Seit voriger Woche. Todernst.«

Hedwig wehrte ab. »Als könnte man Berti ernst nehmen! Angeblich hat er sich vor ein paar Wochen was mit Isolde angefangen. Während Teddy im Malkurs und die Kinder im Kinderkurs waren, hat man die beiden verdächtig oft miteinander gesehen – und auch das hat todernst ausgesehen! Und jetzt eben Lili. Und nächste Woche eine andere. Das ist doch nichts Neues!«

»Ach papperlapapp!« Almut winkte dem Kellner. »Ich habe doch Augen im Kopf! Die Luise ist jetzt einen Tag da und sie sieht, was los ist! Und begonnen hat es im Theaterkurs, am ersten Tag. Da kannst du sagen, was du willst. Ich weiß, was ich weiß.«

»Also erzähl schon«, sagte Harry, wie beiläufig. Fanni zog die Augenbrauen hoch.

Es wurde noch eine Runde Wein bestellt, ein bisschen mit dem Kellner geflirtet, Lara und Timmi wechselten zu einem andern Tisch und Almut erzählte, wie sich Berti und Lili auf der Bühne begegnet waren, Schritt für Schritt aufeinander zugehend, minutenlang schließlich ganz nah beinander verharrend.

»Und Birgit?«, fragte Fanni. »Wie hat Birgit reagiert?«

»Sie muss Berti die Hölle heiß gemacht haben«, sagte Almut achselzuckend. »Oder er hat Angst vor der eigenen Courage gekriegt. Er ist danach nicht mehr im Kurs aufgetaucht. Es wird ihr nichts helfen. Er ist doch nur noch aus Bequemlichkeit mit ihr zusammen.«

Bruno und Helene, von ihren pubertierenden Kindern befreit, kamen dazu, Lara und Timmi wollten noch eine Nachspeise, jemand bestellte die soundsovielte Flasche Hauswein, auf dem nächtlichen Meer blinkten die Laternen der Fischerboote.

Und während Luise dem Klatsch und Tratsch lauschte und ihre Bemerkungen dazu machte und aß und trank und lachte, als wäre sie noch die, die sie gewesen war, als sie sich an den Tisch gesetzt hatte, währenddessen saß Paul mit Lili an einem Tisch im dunklen Eck der Terrasse.

Welches Spiel, fragte sich Luise, wurde hier gespielt? Ein offensichtliches, mit allen notwendigen Elementen des Augenaufschlagens, des Augenniederschlagens, der bebenden Lippen, der wie unabsichtlichen Berührungen, jetzt legte Paul seine Hand auf Lilis Arm, den weißen, weißen Arm, und Lilis wilde Locken flammten rot im Kerzenschein. Jetzt lächelte Lili, bebend, und hing da nicht eine Träne an ihren Wimpern?, und jetzt standen die beiden auf und jetzt gingen sie.

Zauberin, dachte Luise, Zauberfrau. Traumfäden, gewoben, aber nicht von mir.

2. TAG / SONNTAG

MÖRDERKURS II

In ihren Träumen war eine wüste, leere Landschaft gewesen, und Sturm, der an ihren Haaren riss und sie über die Heide trieb. *Was ist der Mensch, ein armes, nacktes Tier,* so war sie aufgewacht, mit nassem Gesicht.

Neben Paul war ein Platz frei. Luise setzte sich auf den Sessel, der am weitesten von ihm entfernt war. Von den Duschen unter dem Eukalyptusbaum wehte Kinderlachen zu ihnen. Lili setzte sich neben Paul. Natürlich. Ihr Arm leuchtete weiß, als sie ihr Haar, ihr zauberisches, flammendes, ungebändigtes Haar, mit einer Handbewegung zusammenfasste und über eine Schulter zurückwarf. Sie beugte sich zu Paul, sie sagte etwas, Paul lächelte. Luise versuchte, nicht zu sehen, was sie sah, eine Intimität.

Berti fiel ächzend neben Luise auf den Stuhl. Sein Blick haftete an Lili, deren Gestik jetzt noch lebhafter wurde. Fanni, an Luises anderer Seite, zischelte etwas davon, dass es doch genug sein sollte, wenn man einen Kursleiter für sich gewonnen habe, man müsse sich nicht unbedingt noch einen zweiten anlachen, »oder was meinst du«?

»Weiß ich nicht«, sagte Luise. »Kann ja jeder tun, wie er will.«

Sie kritzelte Kringel auf ihren Block, Alex redete auf Berti ein, »Porträts«, sagte er, »aber wie für eine Verbrecherkartei.«

»Wenn du meinst«, sagte Berti, »wenn du das machen willst.«

Wieder ächzte er und warf einen Blick aus wunden Augen auf Lili, deren Lachen noch eine Spur heller wurde und deren Hand sich nun auf Pauls Unterarm legte.

Dann waren sie alle da und Paul begrüßte die Gruppe, mit einer Aufmerksamkeit, dachte Luise, die er gleichmäßig für alle bereitzustellen schien.

Was ihre Mörderinstinkte machten? Welche Erfahrungen sie beim Schreiben gemacht hätten?

Philipp zupfte einen Fussel von seinem schwarzen Hemd.

Die Aufgabenstellung, sagte er, in der eigenen Kindheit nach einem mörderischen Gefühl zu suchen, sei recht interessant gewesen. Zum einen sei es einfacher, zum Beispiel dem Dreijährigen, Vierjährigen in sich das Mörderische zuzugestehen – und sowieso gehe die Entwicklungspsychologie davon aus, dass sich ein Unrechtsbewusstsein erst ab dem dritten Lebensjahr rudimentär zu formen beginne. Ein Kind folge nicht aus eigenem Antrieb den aufgestellten Regeln, sondern weil es wisse, dass es mit Strafen zu rechnen habe. Kinder seien, das gehe gar nicht anders, kleine Scheusale, Unholde, die von ihren Eltern, Göttern und Herrschern, denen sie ausgeliefert seien, in Schach gehalten würden. Kontrolle, sagte er, Disziplinierung, um das Wilde zu zähmen.

»Unrechtsbewusstsein«, stöhnte Berti und richtete sich halb auf. »Da redet der Richtige, was, Philipp? Oder der ganz und gar nicht Richtige?«

Philipp sah ihn irritiert an, Berti stierte zurück, schien aber kein Interesse an einer weiteren Diskussion zu haben.

Bruno räusperte sich.

Mord sei Kontrollverlust, sagte er, insofern, als man sich außerhalb der Norm begebe, als man ein gesellschaftlich nicht anerkanntes Handeln an den Tag lege und seinen Trieben und zerstörerischen Gefühlen freien Lauf lasse. Andererseits, vermute er, könne ein Mord auch der Versuch sein, die Kontrolle wiederzuerlangen, über seine Umwelt, über sich selbst, und dass ein Gewaltakt vielleicht manchmal die einzige Möglichkeit sei, sich wieder zu spüren.

Eine Erinnerung sei bei ihm aufgetaucht: Der kleine Bruder, den er geschlagen hatte, aus einer Wut heraus, und wie sich das verselbständigt hatte. Noch im Erschrecken über das eigene gewalttätige Handeln war ein Triumph gewesen, die Macht, die er über den anderen hatte. Das sei jetzt mehr als fünfunddreißig Jahre her, er habe sich daran erinnert, als wäre es gestern geschehen.

Käthe protestierte gegen Philipps Definition von Erziehung. Das sei doch schon lange nicht mehr das Konzept, Eltern als Götter und Herrscher und ihnen ausgelieferte Kinder.

»Oder was meinst du, Irene? Bist du mir ausgeliefert gewesen?«

»Ausgeliefert nicht«, sagte Irene. Zunehmend beinahe gleichberechtigt. Das könne aber auch ganz anders sein. Welche Macht hatte schon ein Kind?

»Wir haben immer alles diskutiert«, Alex rollte die Augen. »Wir diskutieren immer noch alles. Endlos. Manchmal wäre es mir lieber, wenn einfach einer sagt: So machen wir das jetzt und aus. Aber meine Mutter«, er stockte, »meine Mutter fordert hundertprozentige Ehrlichkeit und Genauigkeit im Denken, von sich und von allen anderen, und sie lässt dich nicht aus, bevor nicht alles zu Ende gedacht und ausgesprochen ist.«

»Wozu ständig Regeln aufstellen?«, warf Lili ein. »Am wichtigsten ist das Vorbild, das einer lebt, oder nicht?«

Berti lehnte sich vor, als wollte er etwas sagen, Lili sah zielgerichtet an ihm vorbei, ächzend sank er wieder zurück.

Aber, sagte Simon, der bis jetzt nur zugehört hatte. Erziehung sei doch per se ein gewalttätiger Akt und gegen natürliches Wachstum gerichtet. Die Familie bringe das Individuum in Form für die Gesellschaft, und da die Gesellschaft, in der wir lebten, eine per se gewalttätige sei, eine mörderische, man sehe sich doch nur zum Beispiel an, wie die sogenannte Erste Welt die sogenannte Dritte Welt ausbeute, immer noch, wen wundere es also, wenn unsere Gesellschaft Monster generiere. Jedes Kind, das auf die Welt komme, sei gut – die Familie verderbe es, ebenso wie die Schule, Handlanger des Turbokapitalismus, beide. Luise seufzte, schuldig.

»Meine Güte!«, staunte Alex. »Und das sagt das absolute Lieblingskind seiner Eltern! Der Goldjunge, der, wo immer er hinkommt, gleichermaßen von Eltern, Geschwistern, Lehrern und Mitschülern, von Jungen und Alten geliebt und verwöhnt wird! Pass nur auf, dass das deine Mama nicht hört!«

Simon grinste. Man müsse doch immer auch das Gegenteil dessen, das man kenne, denken können. Für einen anderen sei das vielleicht eine Wahrheit.

Das Wesentliche sei doch, wer sagte dann das, dass ein Kind erfahre und dem vertrauen könne, dass es wert sei, geliebt zu werden.

Oder eben nicht, dachte Luise. Und was dann?

In ihrer Kindheit, sagte Martha, habe es noch geheißen: Wer sein Kind liebt, der züchtigt es. Gott sei Dank wisse man das heute besser. Meistens jedenfalls.

Eine Gummiente watschelte vorbei und schleifte ein Badetuch nach. Dahinter schleppte eine rosa Luftmatratze Badetaschen.

»Hannele«, sagte die rosa Luftmatratze, »wir haben was vergessen.«

Die Gummiente krähte und wackelte davon, die Luftmatratze jagte ihr nach. »Eure Texte«, sagte Paul. »Wem seid ihr begegnet?«

»Einem Menschenfresser«, sagten Hilde und Martha, »einem Mörder«, sagte Alex, »der reinen Lust des Tötens«.

Lili zog mit einem finsteren Blick in die Runde einen Zettel aus ihrer Mappe. *»Mitternachtsflügel, der Mantel des Todes. In der Mitte der Nacht hält mich mein Engel.«*

Paul, der Lilis Arm berührte. Was zwischen ihm und Lili hin- und herging. Berti stieß laut die Luft aus. Die Welt machte einen Ruck.

Ach sei nicht so dramatisch, Luise, dachte Luise. Und fang jetzt bloß nicht an zu heulen.

Sie kramte ihre Wasserflasche aus dem Rucksack, sie raschelte ein Keks aus der Rolle, Zikaden schmetterten, eine Eidechse huschte smaragdgrün durch roten Staub, vom Amphitheater hörte man Stampfen, Gelächter, Stockschläge.

Bei Alex monologisierte einer: Zeltfestgaudi in Bad Leonfelden, »und dann ein Knall, ein Hase, ein Reh, eine Wildsau vielleicht, und die Schrammen am Wagen, das Blut der Wildsau am weißen Lack, aber da lag keine Wildsau, und war es denn seine Schuld, wenn da eine wie eine Wildsau, es müsse doch jeder selbst, und was war jetzt zu tun, mit der Wildsau, die keine Wildsau war.

Er lud sie auf die Ladefläche, ihr blondes Haar, wie lebendig unter seinen Fingern, in der Kühltruhe, dachte er, war noch Platz, ein Essen unter Freunden war schon geplant, ein Spanferkel, würde er sagen, ganz zartes Fleisch.«

Bei Simon war schon wieder was passiert.

»Nur die Fliegen haben ein Geräusch gemacht, wie sie aufgeflogen sind in einem Schwarm von dem, was vom Franz noch übrig war. Und siehst du, da war jetzt wieder die Verbindung mit den Fliegen, ganz klar, aber der Brenner hat sie damals noch nicht gesehen. Und auf der Netzhaut vom Franz hat er auch nichts gesehen, weil die Augen zwar fein säuberlich herausgeschält aus den Augenhöhlen, die Augen selber aber waren verschwunden. Alles andere war wie bei den Fliegen, nur die Augen, die waren verschwunden. Und so ist es einem Schreibkursler nach dem andern gegangen. Und ausgesehen haben sie, wenn man sie gefunden hat – Schlachtfeld nichts dagegen.«

»Der Mörder ist Fotograf«, schlug Bruno vor. »Oder Maler, Filmregisseur. Einer, der in Inszenierungen denkt.«

Berti ächzte.

»Ödipus«, sagte Philipp.

Dass zu viel zu sehen tödlich sein könne, sagte Luise.

»Die Welt durch den Schleier des Wahnsinns wahrnehmen«, sagte Martha.

Eine Erinnerung, sagte Simon. Eine Erinnerung an Fliegen, denen er als Kind die Flügel ausgerissen hatte.

»Lu-ise«, sagte Paul. »Wie ist es mit dir? Lyrisch? Episch?«

Luise stürzte sich ins Vorlesen ihres Textes. Dann war sie damit durch, die Stille eines griechischen Mittags brauste in ihren Ohren. Eine Biene brummte im roten Kelch einer Blüte. Jemand kommentierte ihren Text, noch jemand, was hatte sie sich gedacht, *Bestie, Monster*, und *wild und frei*, »alles in Ordnung?«, fragte Paul.

»Ja«, sagte sie. »Sicher.«

»Gute Arbeit«, sagte Paul. Und dann brüteten sie in dunkler Laube Dunkles.

Die rosa Luftmatratze kam mit der vor Vergnügen quietschenden Gummiente gelaufen, im Amphitheater warfen sie ihre Stimmen bis zum Horizont, Frida winkte hallohallo und Bienen taumelten betäubt von schwerer Süße. Dunkles in dunkler Laube.

LUISES PLATZ

»Wir sind von potenziellen Mördern umgeben«, wisperte Fanni.

Gemächlich schwappte das Meer ans Ufer. Kleine Fische flitzten im seichten Wasser hin und her, flüchteten ins tiefere

Grün. Draußen im Stahlblauen tuckerte ein Fischkutter vorbei. Von Nikos Taverne zog der Duft von Knoblauch und Zitronen über den Strand. Allein an einem Tischchen saß Philipp, er sah auf, winkte, schrieb weiter. Von rechts nach links, von links nach rechts wanderten die kursenden Urlauber, zwei Schöne streckten sich an der Grenze von Land und Wasser, Zwitterwesen, schaumgeboren.

»Und alles ist verdächtig«, sagte Helene.

»Unglaublich verdächtig«, bestätigte Fanni. »Allein dass Nikos heute keine Melanzani mehr hatte! Ich bitte dich! Melanzani wachsen dir hier quasi in den Mund! Wieso also sind die bei Nikos heute nicht auf der Speisekarte?«

»Ein Streit mit seinem Vater?«, schlug Luise vor. »Nikos hat sich endlich entschlossen, aufs Festland zu übersiedeln, das hat den Vater so wütend gemacht, dass er die Hälfte der Dinge, die er besorgen sollte, vergessen hat.«

»Oder eine Freud'sche Sache«, meinte Käthe. »Seine Freundin Meli hat ihn sitzen lassen, wegen – sagen wir wegen der schönen Augen von Vassilis. Die Streichung der Melanzani ist eine Art Auslöschung. Die arme Meli!«

»Das funktioniert nur, wenn Melanzani auf Griechisch Melanzani heißen. Auf der Speisekarte steht, glaube ich, *stuffed aubergine? Papoutsaki?* Müsste man überprüfen. Vielleicht hat er sie immer seine kleine Papoutsaki genannt …« Fanni gähnte.

»Außerdem frage ich mich, was die beiden«, sie nickte zu den Meeresschönen, »hier eigentlich suchen. Meines Wissens sollten sie im Fotokurs sein. Abweichung von der Routine. Total verdächtig.«

»Animositäten zwischen den Kursteilnehmern?«, sagte Luise. »Vernachlässigung durch den Kursleiter? Was angesichts von Bertis seelischer Zerrüttung sehr gut möglich ist!«

Stille senkte sich über die Frauen. Luise nagte an ihrem Stift.

Vernachlässigung durch den Kursleiter, nun ja. Als könnte man einen Anspruch auf einen anderen Menschen haben. Hatte man nicht. Würde man nie haben. PUNKT.

Seelische Zerrüttung. War das vielleicht ein Stichwort für die Figur, die sie bis morgen entwerfen sollte? Jemand, der schon seelisch zerrüttet auf die Insel gekommen war? Der hier einem Grund für seelische Zerrüttung begegnete? Mann oder Frau – noch nicht einmal das hatte sie entschieden. Jedenfalls würde sie eine Figur entwerfen, die möglichst weit weg von ihr selbst war, die nichts mit ihr zu tun hatte, nichts über sie verriet – also einen Mann? Der wiederum müsste sich so stark wie nur irgend möglich von dem Mann unterscheiden, zu dem ihre Gedanken, kaum ließ sie sie von der Leine, schweiften.

Ein Metzger also, Fleischhauer, Holzfäller, grobschlächtig, dumpf und stumpf und insgesamt unattraktiv zur Potenz – warum aber sollte sie sich für diese Figur interessieren? Und welchen Grund hätte dieser Mann, seinen Urlaub ausgerechnet in der Sommerakademie zu verbringen? Ganz zu schweigen von der Häufung der negativen Klischees, so ging das ja gar nicht.

Eine ganz andere als sie. Wie wäre sie als ganz andere? *Feenfrau, Zauberfrau, Verzückungsfrau, oder wenigstens eben das: kompatibel!* Sie verzog das Gesicht. *Vereinbar, verträglich, sich zu einem System zusammensetzen lassend, Mann-Frau-System, Vater-Mutter-Kind-System, Berichte aus dem Inneren einer Galaxie. Die Kälte des Weltalls.* Und unbedingt war auf die Kompatibilität der Metaphern zu achten.

Sie riss an ihren Haaren. Sollte sie es ihrer Figur erlauben, sich zu verlieben, *konjunktivisches Sein*, warum denn nicht? Oder wollte sie eine Betrogene entwerfen? Es würde aber womöglich Fanni sich erkennen wollen, und böse sein, als würde sie, Luise, eine Wirklichkeit herbeischreiben, die doch keiner wünschen konnte. Also besser ein Mädchen, ein junges Ding, die Zukunft noch offen, alles war möglich, auch das Unmögliche, dass die Liebe zu finden war.

»Herrgott«, fluchte sie, »einmal nicht ins Sentimentale abgleiten!«

Sie warf Stift und Notizbuch von sich. Dann würde sie eben keine Figur haben. Ohnehin hatte sie heute ihren Text vorgelesen, Entblößung, dachte sie. Ein Hüsteln ließ sie auffahren.

»Sigi! Du kannst einen aber auch erschrecken!«

Sigi drehte am Objektiv seiner Kamera. »Ich suche Fotomotive.«

»Hausübung?«

Sigi nickte. »Voll interessantes Thema heute hatten wir Porträts Details hat Berti gesagt nicht das Ganze Zerstückelungen viele Bilder ergeben ein Bild voll interessant jetzt hab ich Nasen und Augen und halbe Wangen oder eine Wade also gar nicht unbedingt nur das Gesicht auch eine Zehe oder eine Schulter ist die Person oder steht für die Person also du weißt schon …«

»Klingt wie unser Mörderspiel«, sagte Käthe.

»Berti hat gesagt die Idee ist ihm im Mörderkurs gekommen das große Ganze und das Detail und manchmal verrät gerade eine Kleinigkeit was man nicht weiß hat er gesagt im Detail steckt die Lösung das klingt total spannend was ihr da macht …«

»Wenn du willst«, sagte Käthe, »kannst du mit mir weitermachen, mein Ohr fand ich schon immer sehr hübsch.«

Luise griff sich wieder Stift und Heft, Fanni ging ihre Familie suchen. Das Meer schwappte träge vor sich hin.

AM SWIMMINGPOOL BEIM WEISSEN HAUS

Luise hatte Fanni gefunden, die ihre Familie gefunden hatte.

»Keine Chance«, sagte sie, »dass man neben Sigi noch was

anderes ausrichten könnte. Ich habe ihn meinen kleinen Zeh fotografieren lassen, der ist ein bisschen eingebogen, siehst du, und tatsächlich sehr klein im Vergleich zu den anderen, darüber kann er jetzt grübeln, ob das was über meine Persönlichkeit aussagt oder nicht.«

Fanni bestellte Luise einen Drink mit Schirmchen. Ein bisschen in die Sonne blinzeln, Bekannten zuwinken und vornehm seinen Cocktail trinken, Zivilisation, dachte Luise. Hier blätterte nichts von Blumentöpfen, die Strandgrasbüschel waren zubetoniert, in vielen Farben blinkten Gläser und Flaschen bei der Bar und aus den Lautsprechern knallten die Sommerhits – wie beruhigend aber, dass ein paar Meter weiter anspruchslos Verwildertes wartete.

Am Pool kreischten Kinder und Jugendliche, und Gott sei Dank war sie über das Alter hinaus, wo man angesichts eines Pools inständig gewärtig sein musste, auch ohne Badebekleidung ins Wasser geworfen zu werden. Wie schön, ein Ich-sitze-hier-gemütlich-am-Pool-und-schlürfe-meinen-Drink-Alter erreicht zu haben.

»Mhm«, machte Fanni, als Luise ihr diese überaus angenehme Erkenntnis mitteilte.

»Ich glaube«, sagte Luise, »dass ich mehr von dieser Art Leben vertragen könnte.«

»Alkoholisches schlürfend, meinst du?«

»Zum Beispiel.«

Sie sah zu Simon und Alex hinüber, die heftig debattierend an der Bar auf ihre Getränke warteten.

»... keinesfalls unsympathisch«, wehte zu ihr herüber, »nicht der klischeehafte Bösling, das ändert aber nichts an der Tat.«

Sie grinste.

»So«, sagte sie. »In dieser Freiheit. Jedes Mal, wenn ich hier bin, denke ich mir das. Mir die Freiheit nehmen und ausprobieren, wie es ist, wenn ich ein Jahr lang keine Verpflichtungen habe. Du weißt schon, keine Schule, keine Orts- und Zeitabhängigkeit, kein Zwang, etwas Bestimmtes zu tun, was würde das mit mir machen? Und was könnte ich alles tun?«

»Okay«, sagte Simon, »er soll also büßen ...«

»... oder nicht? Das verdient doch eine Strafe ...«

»Das alte Richter-und-Henker-Spiel. Und was ist dann?«

Fanni schob die Sonnenbrille hoch. »Und? Wirst du's ausprobieren?«

Luise drehte das Schirmchen. »Vielleicht. Die Großeltern haben mir was hinterlassen. Es ginge sich aus. Nächstes Jahr noch, und dann ein Jahr frei, was sagst du?«

Fanni richtete sich auf. »Was ich sage? Die nächste Runde geht auf dich! Das bist du dem hier anwesenden, neiderfüllten, dauerarbeitenden Teil der Bevölkerung schuldig!«

Luise winkte dem Kellner.

»Was hast du vor für so ein freies Jahr?«

Aber noch bevor Luise antworten konnte, stürmten die Kinder an den Tisch, sie forderten Fannis Aufmerksamkeit und die Bestellung von Eis und Getränken.

Luise lehnte sich im blau-weiß gepolsterten Korbsessel zurück, auch das war Zivilisation. Schüsselchen mit Oliven, mit Chips, mit Nüssen tauchten auf dem Tischchen auf, kleine Servietten in Rot und Gelb; Harry, der mit Lara und Timmi im Pool gewesen war, setzte sich zu ihnen. Alex und Simon balancierten Getränke und Teller an ihnen vorbei.

»Ein ganz privater Rachefeldzug, mehr ist das nicht«, sagte Simon.

»Wie Paul gesagt hat: Unrecht ruft nach Wiedergutmachung. Nach Wiederherstellung einer Gerechtigkeit.«

»Und wie wäre die wiederherzustellen?«

»Weiß ich noch nicht. Das wird man sehen.«

Recht so, dachte Luise. Ins Blaue hinein erfinden, die Dinge würden sich zusammenfügen, taten sie das nicht immer? Erzählend jedenfalls fanden die Dinge zueinander, weil, anders als im wirklichen Leben, was schon da war, in einer Erzähllogik mit dem reagierte, was neu hinzukam. Und nichts wurde, anders als im wirklichen Leben, je zurückgelassen, ignoriert, als unwichtig abgetan.

Irgendetwas war aber Luise jetzt entgangen. Harry hatte sich verabschiedet, Fannis Gesicht war steinern.

»Trifft sich noch mit ein paar Leuten. Wird panisch, wenn ich sage, ich komme mit. Für wie blöd hält er mich?«

»Na ja«, sagte Simon, »wenn du meinst, dass das notwendig ist.«

»Wir sehen uns dann beim Singen«, sagte Fanni. »Ich gehe mit den Kindern zum Maskenbau.«

NOCH EINMAL LUISES PLATZ

»... und ich geh da gestern so am Strand und überleg mir wie ich die Rolle anlegen soll es ist ja nicht irgendein Frosch es ist der Froschkönig also ein König unter den Fröschen und dann ist er aber auch Mensch ich bin mir da nicht sicher ob er als Frosch den Prinzen in sich hat oder als Prinz immer noch ein bisschen den Frosch jedenfalls bin ich zum Wasser gegangen ich glaube zwar nicht dass es Salzwasserfrösche gibt oder aber das Wasser als Inspiration weißt du Sense Memory also sitze ich da bei den Felsen im Wasser und stelle mir vor ich bin ein Frosch und da höre ich jemanden kommen und ich wollte nicht dass sie mich sehen es ist immer viel zu viel Ablenkung da durch die Leute findest du nicht ...«

Wie wahr, dachte Luise, die sich an ihrem Notizbuch festhielt. *Frösche,* schrieb sie, während Sigi weiter aus sich herausschwallte. *Sense Memory, du meine Güte. Erinnerung an eine Situation durch begleitende Sinneseindrücke. Aber was wäre die Ursprungssituation? Was wäre zu erinnern? Froschiges Sein?*

»Der Sigi ist ein geprügeltes Kind«, hatte Berti einmal zu ihr gesagt. Sie hatte ihn fragend angesehen, er hatte den Kopf geschüttelt. »Vergiss es wieder, das hätte ich nicht sagen sollen.«

Aber Luise hatte, als sie Sigi daraufhin genauer beobachtete, gesehen, wie er zusammenfuhr, wenn einer laut wurde, wie seine Hand manchmal an seine Hüfte ging, die war schief, wie er es nicht ertrug, wenn jemand in Not war. Dann zuckte sein schmächtiger Körper, er schlang die Arme um sich und seine Stimme wurde hoch.

»Böse Dinge geschehen eben«, hatte er einmal zu Luise gesagt, als wunderte er sich, dass sie das nicht wusste, und als müsste das eben so sein.

Ausgerechnet Berti hatte ihn unter seine Fittiche genommen, der zynische Liebesverächter Berti war ein Sigi-Freund geworden. Die Freundschaft mit Berti hatte gemacht, dass Sigi, wenn er sich freute, hüpfte wie ein Zicklein, dass er sang, laut und falsch und begeistert, dass er Freunde gewann, »die Insel«, das sagte er an jedem Tag mindestens einmal, »aber die Insel ist mein Paradies«. Und dass er nur hier sich von den Bedingtheiten des Lebens lösen könne.

»… und plötzlich merk ich das ist der Berti und mit wem redet er mit Lili dann hör ich die Birgit kreischen gehst du weg von ihr hat sie geschrien du lass ihn in Ruh und er ich hab es satt ich hab es echt satt und sie du wirst dich noch wundern du glaubst doch nicht dass so ein junges Ding schau dich doch an ich mach mir echt Sorgen um den Berti du und ich find das total lässig dass wir so gut reden können miteinander …«

Das erklärte natürlich, überlegte Luise, als sie den Strand entlang zu ihrem Singkurs stapfte, warum Berti heute so abwesend und Lili so aufgedreht gewesen war. Und es erklärte vielleicht auch, warum Lili gestern Abend mit Paul im Ionion gesessen war, mit Paul in die Nacht hineingegangen war. Vielleicht stand sie ja gar nicht so auf Berti, wie alle taten. Oder es war ihr zu kompliziert, das Drama mit der eifersüchtigen Freundin, und sowieso war Berti zu alt für sie, auch das. Vielleicht hatte das vorige Woche noch gestimmt mit ihnen, vielleicht war da ja was gewesen, eine Anziehung, ein Interesse, aber diese Woche stimmte es eben nicht mehr. Oder sie hatte so ein Kursleiterding. Vielleicht sammelte sie Kursleiter, und diese Woche war eine andere Woche, mit neuen Kursleitern, vor allem mit einem Kursleiter, der definitiv Vorzüge hatte, die Berti nicht hatte, grüne Augen zum Beispiel, mit goldenen Sprenkeln drin, mit Wuschelhaar und jungenhaftem Charme.

Und was war das für eine Sache heute am Ende des Kurses gewesen? Berti hatte zwischen Sekretariat und Theater auf Lili gewartet und Luise, die auf ihrer Terrasse, hinter einer Hecke, von Blicken geschützt, ihr Risogalo gegessen hatte, hatte gar nicht anders gekonnt als mitzuhören.

Berti hatte reden wollen, Lili nicht, Berti hatte geschnauft: »Aber mit Paul redest du?«

»Und wenn?«

»Und was ist jetzt mit uns?«, hatte Berti gefragt und Luise hatte den Kopf geschüttelt, weil die Leute auch in echt so redeten wie in den Vorabendserien.

Vom Meer war eine lärmende Gruppe heraufgekommen und als Luise aufgestanden war, um, wie zufällig, ihr Badetuch von der Wäscheleine zu nehmen, war Berti schon in die eine und Lili in die andere Richtung gegangen.

Und was erklärte das jetzt?, fragte sich Luise.

Gar nichts erklärte das.

Und es ging sie auch gar nichts an.

AMPHITHEATER

Marios und Julie hatten ein neues Lied mitgebracht, ein wenig Schwermut, ein wenig Schweben, und was immer mit Luise passierte, wenn sie griechische Musik hörte, als wäre sie ein Gefäß und sein Inhalt und ergösse sich über ihren Rand.

»Eine Geschichte werde ich euch erzählen«, übersetzte Julie, »die wir als Kinder gelernt haben. Da war einer, der floh in die Einöde und lebte seitdem in den Bergen. Er lebte von der Jagd und aus Hass gegenüber Frauen ging er nicht hinunter ins Dorf. Ich werde euch eine andere Geschichte erzählen. Da war einer ohne Zuhause, er fürchtete und hasste die Männer, aber die Frauen liebte er wie wahnsinnig.«

Lebensentwürfe in einem großen Bogen, dachte Luise, einer hasste, einer liebte, und als gäbe es nur das zwischen Männern und Frauen, Liebe oder Hass, und den Wahnsinn, der beidem entsprang.

Aber was lernte man als Kind: zu vertrauen oder nicht, zu bleiben oder zu gehen, dass man jemandem angehörte oder niemandem, dass es kein Zuhause gab, es sei denn in einer Einöde, am Ende der Welt.

Luise seufzte. Was machten die griechischen Lieder mit ihr: eine Tragödin zunehmend großen Stils. Und vielleicht sollte sie ja so ihre Figuren entwerfen, in der Ausweglosigkeit der griechischen Tragödie.

»Komm auf die Bühne«, winkte Fanni, Kreistanz, und Luise legte die Arme auf die Schultern ihrer Nachbarn und stampfte in den Boden und drehte sich zur einen und zur anderen Seite und stampfte und lief mit den anderen im Kreis, schnell atmend, zur einen und zur anderen Seite, und das Meer rauschte und leuchtete in der Abendsonne; ein Schwarm Sperlinge stürzte sich in die untergehende Sonne.

VOR DER HÜTTE, IM SCHATTEN

Am andern Ende des Geländes, hinter der Sandmeile der Sonnenanbeter und Strandgeher und Muschelsammler und Steinumdreher, lag inmitten von Olivenbäumen der Bauernhof, ein Steingemäuer unter mächtigen Kiefern.

»Auf gute Freunde!«, sagte Ossi, der Yogakursleiter, und hob das Glas.

»Auf die Insel!«, fügte Heidrun hinzu und küsste ihn.

»Die Liebe!«, rief Helene.

»Die Freunde! Die Insel! Die Liebe!«, quietschte Sigi.

Unter den Föhren war der Tisch gerichtet. Das Tischtuch war ein Leintuch, die Teller waren aus Plastik und die Gläser ein Sammelsurium aus den diversen Appartements, aber im Licht der Kerzen funkelten und schimmerten sie wie Kristall und feinstes Porzellan. Das Meer brannte in wildem Violett. Eine Stille fiel aus den Bäumen.

Dann war der Moment vorbei. Rundum prosteten sie einander zu, lachten, lärmten, setzten sich. Heidrun verteilte die Spaghetti, Luise das Sugo, Ossi schenkte nach. Die Salatschüssel wurde herumgereicht, der Parmesan kreiste, ein Föhrenzapfen landete mitten auf dem Tisch. Käthe schnappte nach Luft.

»Ein heimtückischer Anschlag! Geplant von denen, die nicht zu diesem exzellenten Mahl geladen wurden. Als Hauptverdächtiger gilt …«

»… Professor Teddy Kos, eifersüchtiger Hüter des Musentempels«, sagte Helene. »Beweisstück Nummer eins!«

Begeistert stürzte sich die Tischrunde in das neue Lieblingsspiel: Alles und jeder ist verdächtig. Kein Wunder, der halbe Mörderkurs war anwesend und das »Mörderspiel« wurde mittlerweile nicht mehr nur von den Kursteilnehmern gespielt.

»Ich habe dich gesehen«, sagte Helene zu Harry. »Also weißt du, während deine Frau mit Singen beschäftigt ist, das hätte ich nicht von dir gedacht.« Sie schüttelte den Kopf. »Von dir am allerwenigsten.«

»Was heißt das, du hast mich gesehen?«, fuhr Harry auf. »Da war nichts. Das hat absolut nichts zu bedeuten, ich habe nur, man wird doch noch jemanden begleiten dürfen!«

»Ob das deine Frau auch so sieht?« Helene runzelte die Stirn. »Gar so harmlos hat das nicht ausgesehen!«

»Blödsinn! Das bildest du dir ein!«

»Harry!«, sagte Luise. »Das ist das Spiel! Hör nicht auf sie!«

»Wie? Das Spiel?«

»Das war ein Schuss ins Blaue«, sagte Luise. »Sie weiß gar nichts. Und sie hat auch nichts gesehen …«

Helenes Mund kräuselte sich. »Aber interessant schon, dass es offenbar etwas zu sehen gegeben hätte!«

»Was ist los?«, fragte Fanni, die der Kinderrunde am Ende des Tisches das Essen ausgeteilt hatte.

»Nichts«, sagte Luise.

Fanni setzte sich neben Käthe, die in Erinnerungen schwelgte. Wie für sie und Irene die Insel eine zweite Heimat war. Dass auch Irene mittlerweile fließend Griechisch sprach. Wie sie im Vorjahr zu einer Hochzeit eingeladen waren, Käthe hatte die Braut schon gekannt, da war die noch ein Mädchen gewesen …

Luise tat, was sie sich bis jetzt verboten hatte, sie sah zu Paul, der saß schräg gegenüber.

»Ausschließlich Theorie«, sagte er gerade zu Ossi, »keinerlei Praxis. Da mache ich mir keine Sorgen.«

»Wenn wer wen umbringen will«, sagte Heidrun, schon leicht beschwipst, »tut er das sowieso, mit oder ohne Kurs.«

»Natürlich ist es Unsinn zu glauben, dass wir hier alle plötzlich zu wildwütigen Mördern werden«, sagte Bruno. »Was ich mich aber schon frage: Ist es tatsächlich ganz ungefährlich?« Er räusperte sich.

»Die Konfrontation mit unseren … Untiefen, hast du, glaube ich, gesagt – also mir hat das Angst gemacht. Mein erster Text zum Beispiel ist mir im höchsten Maße unangenehm. Der hat sich mir herausgekotzt, ich habe noch nicht einmal das Gefühl gehabt, dass ich es war, der ihn geschrieben hat. Ich bin ein Mensch, der Ordnung mag und Ruhe, Höflichkeit, gutes Benehmen. Das versuche ich auch unseren Kindern zu vermitteln. Und dann schreibe ich etwas, das von Obszönitäten und Kraftausdrücken nur so strotzt – das bin doch nicht ich!«

Paul runzelte die Stirn.

Dass er, dachte Luise, ein finsteres Gesicht machte, wenn er nachdachte. Dass sie die Konzentration mochte, die – in seinem ganzen Körper, dachte sie – so sichtbar war. Sein Mund aber war entspannt. Eine volle Unterlippe, wie trotzig vorgeschoben. Sie tut ein wenig unschuldig, dachte Luise, die Oberlippe hingegen setzte in einem schönen Schwung einen Willensakzent. Dem schönen Schwung nachspüren, dachte sie, ihn in Kontrast setzen zur trotzigen Unschuld. Hm.

»Wenn du dort bist, wo dir schwindlig wird«, sagte Paul, »dann ist es gut.«

Er lächelte Luise zu. Sie sah weg.

Käthe schien zu zählen, wie oft sie schon auf der Insel gewesen war. Dass sie eine besondere Verbundenheit zu diesem

Ort habe, sagte sie. Ihre Augen glänzten; eine ganz besondere Verbundenheit.

Bruno, auf der anderen Seite, ließ nicht locker.

»Hast du keine Angst, dass Dinge hochkommen, mit denen man nicht umgehen kann?« Er könne es nicht anders sagen, es sei ihm unheimlich gewesen, was mit ihm passiert sei.

»Aber das ist das Wesen der Kunst. An eine Grenze gehen.« Auf Pauls Stirn erschien eine steile Falte.

»Alle eure Texte waren von einer Grundehrlichkeit, von einer Offenheit, damit habe ich gar nicht gerechnet. Da fängt es aber an, das ist der erste Schritt. Das Handwerk kann man bis zu einem bestimmten Grad erlernen. Talent schadet nicht. Aber wenn du nicht bereit bist, an die Grenze zu gehen … «

Er grinste. »Du entscheidest, ob du dir den obszönen Burschen in dir anschaust. Oder ob du ihn wieder in die Wüste zurückschickst, weil du nichts mit ihm zu tun haben willst.«

»Und wenn aber einer kippt?«

»Dann kippt man sich eben wieder zurück. Wie man es sonst auch macht, wenn es einem grad nicht so toll geht. Ich gehe aber schon davon aus, dass ich es nicht mit Psychopathen zu tun habe, die eine Schreibübung zum Anlass nehmen, zur reißenden Bestie zu werden!«

Bruno war mit dieser Antwort nicht zufrieden. Aber was er sagte und was Paul antwortete, und warum Heidrun kicherte, das hörte Luise nicht mehr, weil sich Berti, mit Bier für sich und Wein für Luise, neben sie quetschte.

»Wir sind noch gar nicht zum Reden gekommen, Luise. Aber du hast ja vielleicht mitgekriegt, dass ich ein bisschen Stress habe.«

»Nur Stress?«

Berti sah sie an. »Scheiße, Luise«, sagte er.

Er sackte zusammen, als hätte jemand die Luft aus ihm herausgelassen. Er schüttelte den Kopf, er stand auf und ging.

UNTER EINEM HIMMEL, AM WASSER

Berti war eine schwarze Silhouette gegen den Nachthimmel. Zu seinen Füßen rollte das Meer grollend ans Ufer.

»Die Lili«, sagte er, »die Lili ist meine letzte Chance. Wenn sie mich überhaupt will. Wenn sie nicht eigentlich ohnehin einen anderen will.«

Lili und Paul, dachte Luise. Paul und Lili. Sie flammend, er dunkler, beide leicht im Umgang miteinander, welche Aussicht auf Erfolg sollte Berti haben, und welche Luise?

»Wie meinst du das: letzte Chance?«

Berti stöhnte auf. »Du kennst mich doch nur als den Scheißkerl, der ich bin – nein«, sagte er, als Luise halbherzig protestieren wollte. »Das stimmt schon so: Scheißkerl.«

Er starrte auf das Meer.

»Ich hab dir von Dani erzählt, weißt du noch?«

Jahrelang seien sie im Postbus nebeneinander gesessen, Vorderweißenbach–Linz und zurück, im letzten Jahr vor der Matura hätten sie sich verliebt, am Tag nach der Matura sei der Unfall passiert, seine Schuld, sagte Berti. Er habe ihr einen Witz erzählt, irgendeinen blöden Witz, sie habe gelacht und er hatte sie geküsst, weil er in ihr Lachen vernarrt gewesen sei, er habe den Wagen, der auf sie zukam, zu spät gesehen.

Berti fuhr sich mit der Hand über die Augen. Er träume, sagte er, noch heute manchmal von dem Wagen. Und im Traum wisse er, es sei ja alles gut, er sei ja tot, was für ein Glück, alles sei gut, und dann merke er, dass er immer noch beschissen am Leben sei, beschissen am beschissenen Leben.

Ein oranger Mond stieg auf, über schwarz gurgelndem Wasser.

Bertis hohles Lachen. Ob sie sich an Alex' Text erinnere? Das hätte er sein können: scheißfeig, egoistisch, abgebrüht. Die im anderen Auto seien tot gewesen. Der Fahrer des anderen Wagens habe getrunken gehabt, er nicht, er sei freigesprochen worden, seitdem dröhne er sich zu, immer noch.

»Und jetzt«, er ballte die Fäuste, »jetzt ist Lili da.«

»Und das ändert etwas?«

»Ich weiß es wieder, dass ich ein Schwein bin, das ändert es, ein gotterbärmliches Schwein. Wie kann ich ihr das sagen? Wie könnte sie so einen haben wollen?«

Berti stolperte von Luise weg, zurück Richtung Bauernhof, das Meer rauschte und gurgelte ungerührt zu Luises Füßen.

VOR DER HÜTTE UND AM WASSER

Am Bauernhof war die Tischrunde in den Zustand allgemeiner Verbrüderung und kosmischer Heiterkeit übergegangen. Käthe, Heidrun und Fanni sangen inbrünstig und mehrstimmig griechische Volkslieder.

»Wo warst du?«, brüllte Harry, als Berti in den Lichtkreis eintauchte. »Wir haben eine Gitarre!«

Ossi, der vor sich hin geklimpert hatte, gab die Gitarre an Berti weiter.

»Spiel uns was von früher. Mir ist grad so sentimental.«

Berti fuhr sich durchs Haar. Er setzte sich, suchte Töne, Akkorde, Melodiefetzen.

»Hey Joe«, jaulte er auf, »where you goin'«, er quälte sich durch ein missglücktes Solo, wechselte zu Bob Dylan, mittendrin brach er ab.

»Ein anderes Mal«, sagte er.

Er legte die Gitarre auf die Bank und verschwand unter den Bäumen.

Und ich, dachte Luise. Wohin denn ich? Etwas lag ihr schwarz in der Brust, dann saß Paul neben ihr, aber sie konnte das jetzt nicht, Konversation machen.

»Lu-ise«, sagte Paul. »Alles in Ordnung mit dir?«

Luise nickte.

»Sieht aber nicht so aus.«

Sie zuckte die Schultern. »Das wird schon wieder.«

»Kann ich was tun?«

Sie schüttelte den Kopf. »Das muss man selber machen.«

»Muss man?«

»Ich schon.«

»So«, sagte Paul. »Du schon.«

Dann saßen sie so, Paul schenkte ihr ein Glas Wasser ein, sie trank. Er schob ihr ein Stück Brot und Käse hin, sie aß.

Irgendwo hörte sie Sigi quietschen.

»Eine Maske! Warum habe ich daran nicht gedacht! Eine Froschmaske!«

Durch die Nacht lief er zum Bauernhof, wo tagsüber auch die Maskengruppe arbeitete, eine Schulter hochgezogen, die Hüfte eine Spur verdreht, die andere Schulter wie ein wenig zu Boden gedrückt, sein eifriges Hüpfen, dachte Luise, könnte er in die Figur des Prinzen mitnehmen, der Frosch im Prinzen.

»Bei Hölderlin«, sagte sie, und warum sagte sie das jetzt, und dann auch noch zu Paul, »bei Hölderlin steht: ›In stiller Laube glänzt das gesellige Mahl den Freunden‹. Das stelle ich mir immer so vor.«

Etwas schwappte in ihr hoch. Dass man doch nie, dachte sie, frei war von sich selbst.

Sie stand auf und marschierte, wie blind, den sandigen Weg hinunter, den sie gerade hinter Berti heraufgestapft war.

»Lu-ise«, sagte Paul hinter ihr. »Bleib doch mal stehen.«

»Mir geht's gut.«

»Ja«, sagte Paul. »Darf ich dich trotzdem begleiten?«

Und dann gingen sie gemeinsam den Strand entlang, redeten über Hölderlin und Griechenland und die Nacht, die schwärmerische, und der Mond hing wie eine Riesenorange am Himmel.

»Aber ich bin keine Grenzgängerin«, sagte Luise, als sie beim Stiegenaufgang zum Amphitheater angekommen waren.

»Nein?«

Die Aufmerksamkeit in Pauls Gesicht, und eine Traurigkeit, das nahm sie wahr. Der Wind blähte das weiße Segeltuch auf, dass es knatterte.

»Danke fürs Begleiten«, sagte sie.

Und ging schnell, bevor er noch etwas hätte sagen können.

3. TAG / MONTAG

MORGENMEER

Das Morgenmeer war noch ganz für sich. So ruhig lag es und atmete. Rosenfingrige Morgenröte und blaue Schatten der Berge. Luise watete durch die kühlen Wirbel, die an Land schäumten. Sie bückte sich, hob eine Muschel auf, schwemmte den körnigen Sand aus den Rillen. Hell schimmerte Perlmutt. Luise ging weiter, bückte sich wieder, lief ein paar Schritte. Einer stand dunkel gegen die aufgehende Sonne.

MÖRDERKURS III

Käthe versteckte ihr geschwollenes, fleckiges Gesicht hinter großen Sonnenbrillen, das täuschte aber niemanden.

»Das Übliche«, flüsterte Fanni. »Zu viel Wein und zu viele Erinnerungen. Die erste und die letzte Liebe, und alles dazwischen. Diese Sachen. Und dass es doch sein könnte, dass alles schon hinter einem liegt.«

Du meine Güte, dachte Luise. DIESE SACHEN.

Lili und Berti kamen den Weg entlang, ineinander verschlungen, leuchtende Locken, schimmernde Arme und ein töricht lächelnder, schafsköpfig grinsender Berti. Luise registrierte eine heiße Wut, die sich gegen beide richtete, Berti und Lili, obwohl sie doch, dachte sie, froh sein müsste. Berti, nicht Paul.

»Na also«, murmelte Fanni, »so schnell kann das gehen, siehst du, Luise?«

Dass man einen verzauberte, dass man einen fallen ließ, wer den Glanz hatte, bestimmte die Regeln. Luise schnaubte. Und wie einfach es sich Berti machte: Grad noch war er ein Scheißkerl gewesen, ein Scheißkerl und ein Schwein, ein gotterbärmliches, grad noch waren da andere in einem anderen Auto gewesen und ein Mädchen, das er zum Krüppel gefahren hatte, aber jetzt, so schnell konnte das gehen, siehst du, Luise, jetzt lief alles wunderbar und nichts und niemand hinderte einen daran, glücklich zu sein, schafsköpfig und kalbsäugig glücklich. Luise drückte den Stift auf ihre Unterlage, dass er zerbrach.

Simon grinste Berti anerkennend zu, Paul kam, mit Plakatbögen beladen, aus dem Sekretariat. Er lud die Bögen, Buntpapier, alte Zeitungen und Stifte und Scheren und Klebstofftuben auf den Tischen ab, er begrüßte die Runde, das Gold und Grün seiner Augen. Nichts schien ihn zu beschweren, am allerwenigsten, dass Berti und Lili aneinander zu kleben schienen. Wie sich Luises Herz ungebärdig aufführte.

»Alles gut?«, hatte er gefragt, als sie einander am Strand begegnet waren, in aller Frühe.

Sie waren nebeneinander her gegangen, das war leicht gewesen. Dass er geträumt habe, er sei ein Kiesel, glatt und schwarz, ein Rabe habe ihn in seinem Schnabel weggetragen und fallen lassen, auf einer Insel, die im Licht schwamm, er spüre noch sein kieseliges Sein.

Dass Raben die Vögel des Apoll seien, hatte Luise gesagt.

Ach, er hätte gedacht, die flögen um den Untersberg.

Ja, hatte Luise gesagt, aber erst später.

Während Luise ihr Herz zur Ordnung rief, bildeten die anderen schon Gruppen, breiteten Plakate aus, diskutierten heftig Plots, Figuren, Motive, blätterten, auf der Suche nach Anregungen, in den Zeitungen, schnipselten und klebten.

»Jedenfalls Rache«, sagte Lili.

Sie malte mit dunkelrotem Stift das Wort *Rache* in die Mitte eines Packpapierbogens. Alex und Simon notierten Ideen, schoben Schlagzeilen herum, Berti murmelte etwas, »manches lässt sich nicht verzeihen«, sagte Lili barsch.

»Luise!«, rief Fanni. »Was ist mit dir? Komm jetzt!«

Schon hatte Philipp ein Raster gezeichnet, vertikal eine Tageseinteilung, horizontal Inselorte. Dass sie die Figuren, die sie als Hausübung entworfen hatten, miteinander durch Vergangenheit und Gegenwart verknüpfen müssten, sagte er. An welchen Inselorten könnten sie einander begegnen, welche Personen tauchten noch auf, was würde an welchen Orten passieren und wer – denn jedenfalls würde es ja einen Mord geben – wer sollte das Opfer, wer der Täter sein.

»Ich fand die Sache mit den drei Schwestern, die Schicksal spielen und über Leben und Tod entscheiden, sehr spannend«, sagte Fanni. »Können wir nicht das als Ausgangspunkt nehmen?«

Martha wedelte mit etlichen Zetteln. »Lebensläufe«, sagte sie. »Was die Schwestern dazu gebracht hat, sich in andere Leben einzumischen, woher ihr überzogener Gerechtigkeitssinn kommt – könnt ihr damit was anfangen?«

Die Köpfe über das Plakat gebeugt, diskutierten sie mögliche Plots und füllten die Kästchen. Plötzlich sah Hilde auf.

»Jetzt weiß ich es!«, rief sie. »Du bist Philipp Hoch!«

»Du meinst DER Philipp Hoch?« Martha zwitscherte vor Aufregung. »Der *Sonnenfinsternis* geschrieben hat? Jetzt sag aber! Wir haben dein Buch geliebt!«

Die Schwestern strahlten vereint Philipp an.

»Wir warten schon lange auf dein nächstes Buch! Woran arbeitest du? Sag bloß, du holst dir hier Anregungen! Vielleicht macht er Feldstudien, Hilde, vielleicht kommen wir alle in seinem nächsten Roman vor!«

Philipp schien die Neugier der Schwestern peinlich zu sein. Dass er ganz normal Urlaub mache. Den Schreibkurs habe er sich, Berufsinteresse sozusagen, nur kurz anschauen wollen, er sei aber hängen geblieben; und übrigens wolle er nicht, dass man herumerzähle, wer er sei.

So bescheiden, wunderte sich Luise. Und dass ausgerechnet einer wie Philipp der Autor von *Sonnenfinsternis* war!

Ein schmaler Band, erinnerte sie sich. Ein dichter Text. Ein Frauenleben, ein zwischen Gegensätzen aufgespanntes Künstlerleben. Himmel und Hölle in einer Seele aneinandergeschmiedet. Die Geschichte einer Liebe, die scheiterte, gleißende Schwärze. *»Sensible psychologische Studie«*, das war das Kritikerecho gewesen, *»ein neuer Ton, Generationswechsel.«*

Sentimentales Geschwätz, hatte ein Kollege gesagt, und wieso die Leute immer sterben wollten, wenn ihnen einmal etwas nicht gelang. Dieses Des-Lebens-müde-Sein, das sei doch nichts als Feigheit, eine Bequemlichkeit, sich Anforderungen nicht stellen zu wollen, und wieso sie das auch noch mit ihrer Klasse lesen wolle, er habe es schon während der Schulzeit gehasst, sich ständig mit den Todeswünschen anderer beschäftigen zu müssen.

Es gebe aber, hatte sie gemurmelt, es gebe Menschen, die sich nicht einer so blühenden seelischen Gesundheit erfreuten, und nie sei man so nah am Tod wie in diesen Jugendjahren, das müsse man doch ernst nehmen.

»Aber ihr forciert das«, hatte er gesagt, »ihr glorifiziert das, die Selbsttötung. Und statt ihnen klar zu machen, dass es eine elende, elende Feigheit ist, macht ihr ihnen den Selbstmord schmackhaft, aber natürlich macht ihr das.«

Da schmücke sich einer mit fremden Blumen, zischte Berti.

»Federn«, sagte Philipp. »Wenn schon, dann schmücke ich mich mit fremden Federn. Und auch das bildest du dir nur ein.«

Und dann stand Paul neben Luise. Er lächelte. Er legte einen flachen Stein vor sie auf den Tisch, dunkelgrau, glatt geschliffen.

»Strandgut«, sagte er. »Zufälliges.«

Am Ende des Kurses entließ er sie mit dem Auftrag, ein Kapitel eines Kriminalromans zu schreiben.

»Ihr wisst ja, worauf es ankommt. Die Inselatmosphäre einfangen, Figuren klar zeichnen, Hinweise auf Verdächtiges wie nebenbei einstreuen. Und solltet ihr eure Vorbilder in der Wirklichkeit finden – ändert die Namen. Gebt euren Figuren ihre eigenen Namen und sie werden sich zu eigenständigen Wesen entwickeln. Wer immer mir Texte geben will, ihr könnt sie im Sekretariat hinterlegen, ich hole sie mir dort. Wir sehen uns am Mittwoch wieder – ich wünsche euch einen schönen freien Tag!«

Luise sah ihm nach, auf einmal mit einem hohlen Gefühl im Magen. Sie hatte vergessen, dass morgen kein Kurs war. Ach je.

IONION

Im Ionion saßen die Theaterleute, Hartmut, Harry, Almut und Hedwig. Almut winkte Luise, Luise setzte sich dazu. Sie bestellte überbackene Melanzani, sie naschte von Harrys Sardinen, sie trank den harzigen Wein, den nächsten Tag würde sie kursleiterlos verbringen, das stimmte sie schwermütig. Als die Gruppe neben ihr plötzlich schwieg, sah sie auf. Berti und Sigi setzten sich an einen Tisch am Rand der Terrasse.

»Da ist das Hündchen jetzt Berti zugelaufen«, bemerkte Hartmut verächtlich. Er jaulte einmal kurz auf.

»Der Sigi ist ein ganz patenter Typ«, sagte Harry. »Ich habe neulich einmal lang mit ihm geredet – wisst ihr, dass er an der Entwicklung von Gesundheitsschuhen …«

»Gesundheitsschuhe!«, brüllte Hartmut. »Einmal, verstehst

du, einmal möchte ich ihn mit einer Frau sehen, die ihn ordentlich in die Mangel nimmt. Aber wahrscheinlich ist er schwul. Und traut sich nicht. Die feige Sau.«

Luise erinnerte sich an Sigis Lobpreisungen, an seine Ergebenheit auch Hartmut gegenüber. »Was hat dir der Sigi getan, dass du so auf ihm herumhacken musst?«

Hartmut stürzte sein Bier hinunter. »Vergiss den Sigi. Wen kümmert der Sigi?«

Im Aufstehen fegte er Aschenbecher und Brotkorb zu Boden und zog, ein japsendes, schlabberndes Hündchen mimend, an Berti und Sigi vorbei zu den Stufen, die in die Bar führten, wo schon Alejandro saß.

»Wenn der Hartmut«, sagte Luise, »eine Figur in unserem Schreibkurs wäre, dann wäre er spätestens jetzt der nächste Anwärter auf die Rolle des Mordopfers.«

»Das geht mehr gegen Berti als gegen Sigi«, sagte Almut. »Und weil er gegen Berti nicht ankommt, lässt er seine Wut an Sigi aus.«

Luise sah Almut fragend an.

»Das ist doch ein offenes Geheimnis«, mischte sich jetzt auch Hedwig ein. »Hartmut steht auf Lili, aber Lili nicht auf Hartmut, und das verträgt er nicht, das kannst du dir ja vorstellen. Übrigens ist er ja nicht der Einzige mit dieser kleinen Obsession, oder, Harry?«

Harry fuhr wütend hoch. »Red keinen Blödsinn! Ich hab ein-, zweimal mit Lili geredet, nichts Besonderes, das ist alles.«

»Aber, aber! Und was war gestern im Coffee House?«

»Wir haben einen Kaffee getrunken, und?«

»Du hast sie angehimmelt, Harry, das war peinlich. Und wohin bist du dann mit ihr verschwunden?«

»Wir haben nur geredet.« Harry sah Luise an.

»Mir brauchst du nichts zu erklären«, sagte Luise steif.

»Ich habe mir nichts vorzuwerfen.«

Hedwig stand auf. »Du musst es ja wissen.« Almut schloss sich ihr an.

Harry ächzte, waidwund, dachte Luise, gequält auf.

»Noch elf Tage«, sagte er und leerte sein Glas in einem Zug.

IMMER NOCH IONION

Das Mädchen müsste noch sehr jung sein. Vierzehn oder fünfzehn. Zu früh, dachte Luise in einem Anflug von Beschützenwollen, zu früh für eine erste Liebe, die Klarheit brachte wie ein Wintermorgen, über Nacht war man eine andere geworden.

Für das Mädchen würde alles das erste Mal passieren. Die erste allererste Berührung, Liebesberührung, eine Hand, die die ihre nahm und wieder losließ. Atem, der ihre Wange streifte, eine Verwirrung in ihrem Körper, die war süß und schrecklich, und, als sähe sie sich von außen, die Bestimmung, die auf sie wartete. Sie würde am Abend den Jungen treffen. Am nächsten Tag würde sie tot sein.

Aber das geht nicht, dachte Luise. Wie konnte sie das Mädchen, das sie eben erst erfunden hatte, in den Tod schicken? Wie konnte sie das Mädchen dieser ersten Liebe berauben, und aller weiteren, die noch folgen würden. Und wie konnte sie den Jungen des Mädchens berauben, sie war jung und wild und scheu, er hatte sie noch nicht einmal geküsst. Aber er würde sie an den Ort gebracht haben, an dem sie sterben würde, wie wäre damit zu leben?

Oder war es der Junge, der das Mädchen töten würde? Was hatte sie in ihm angerührt, dass er sie töten musste, und er hätte sie doch lieben können, was war passiert, an diesem Abend oder Jahre zuvor?

Dass nur die erste Liebe, dachte Luise, den Anspruch auf Ewigkeit habe, warum, weil alles das erste Mal geschah.

Ein Schatten fiel über Luise.

»Du arbeitest?«, fragte Philipp.

Luise fuhr auf. »Ja, ich weiß nicht«, sie machte eine Handbewegung, Philipp setzte sich. Er bestellte Kaffee, er wirkte nervös, dass sie ihn, außer im Kurs, noch nie mit jemand anderem gesehen hatte, dachte Luise.

»Ich finde keinen Anfang«, sagte sie. »Wie machst du das? Wie schreibst du?«

»Unter Qualen.«

»Zu meinen Schülern sage ich immer: Fangt einfach an, schreibt einfach drauflos, schreibt den ersten Satz, irgendeinen ...«

»Guter Ratschlag ...«

»Scheint aber nicht zu funktionieren.«

Der Wind fächelte leise, hinter ihnen klapperten Teller, klapperte Besteck.

»Meine Figur hat deine getroffen«, sagte sie.

»Ach«, Philipp zog die Augenbrauen hoch. »Hat er was angestellt?«

»Noch nicht.«

Aber vielleicht würde sich ja eine Möglichkeit für beide ergeben, wie sie die Insel überleben konnten.

Philipp nippte am Kaffee, Luise tippte Krümel vom Tischtuch, Spatzen schwirrten auf, ließen sich nieder, das Meer glänzte blau.

»Warum bist du eigentlich hier?«, fragte Luise. »Du bist doch keiner, der auf Gruppen steht. Oder der einen Kurs braucht, um schreiben zu können.«

Philipp starrte auf das Meer, so lange, dass Luise dachte, er hätte sie vergessen.

»Nennen wir es Sentimentalität«, sagte er schließlich.

Er legte etwas Kleingeld neben die Tasse und ging.

AM BAUERNHOF

Riesige Augen starrten Luise aus einem Flammenmeer heraus an. In der Mitte der Iris, sehr klein, tanzte ein Engel, blutüberströmt. Lili kratzte mit einer Spachtel über die Leinwand, sie verschmierte Sand und Erde mit der Farbe. Auf einer Leinwand, die an der Mauer lehnte, war ein anderes Augenpaar zu sehen, dessen Pupillen in Flammen aufzugehen schienen. Ein Engel badete in blendendem Licht. Der Engel war nackt, kräftige Flügel wuchsen aus seinem Rücken, die Augen waren zwei Sonnen.

»Augen und Engel«, raunte Sigi Luise und Fanni zu, die auf der Suche nach den Kindern zum Bauernhof und dem kleinen Pavillon gekommen waren. Rhythmische Trommelschläge erfüllten die Luft.

»Sie ist wie besessen davon.«

Lili trat einen Schritt zurück, sie legte den Kopf schief. »Ich bin nie klarer, als wenn ich Augen und Engel male.«

Ein herber, harziger Geruch stieg aus dem Waldboden auf. Aus einer der Wohnungen hinter dem Bauernhof tropfte eine träge Tangomelodie. Mit dem Tod Liebe machen, dachte Luise. Langsam Liebe machen in der sengenden Hitze eines Sommernachmittags.

»Die sind alle verstümmelt«, sagte Fanni. Bizarr verdrehte, blutende Körper, fehlende Glieder, Märtyrerposen. »Ich hätte mir Engel anders vorgestellt.«

»Ach ja?« Lili verzog spöttisch den Mund. »Engel sind Lügner.«

Mit einem heftigen Spachtelschwung riss sie die Leinwand auf, an der sie gerade arbeitete. Der Riss ging durch eins der Augen im Flammenmeer.

»Lügner und Verräter.«

Vielleicht, dachte Luise, war es ja das, was Männer anzuziehen schien: eine Verletzlichkeit, die verstörte, eine Schroffheit, die sich selbst nicht schonte, bestürzende Schönheit, Jugend. Wie musste man sein, dass einem die Liebe zufiel.

Ob sie auch seine Bilder sehen wollten?, fragte Sigi.

Fanni machte hinter Sigis Rücken wilde abwehrende Zeichen, »klar«, sagte Luise.

Er habe noch viel zu lernen, sagte Sigi, und dass er wohl nie so weit kommen würde wie Lili. Allerdings verfolge er andere Ziele als sie. Er wolle das Schöne zeigen, er verstehe die Faszination nicht, die das Gewalttätige auf Lili ausübe, Gewalt sei doch nichts, das man sehen wolle.

Sie duckten sich unter der niedrigen Tür des ehemaligen Bauernhofs.

»Verstümmelte Körper«, Sigi verzog das Gesicht, damit wolle er sich nicht auseinandersetzen. Und sowieso sei ihm die Darstellung von Menschen ein großes Problem, er brauche aber auch keine Menschen in seinen Bildern.

Teddy habe sich über seine Weigerung, Menschen zu malen, lustig gemacht, aber Teddy mache sich über vieles lustig. Selbst über Lilis Engel, Sigi riss die Augen auf, selbst darüber habe er gespottet.

Wieso sie Engel male, wenn sie doch eigentlich, dabei habe er anzüglich gegrinst, wenn sie doch eigentlich nackte Männer malen wolle. Dass sie den männlichen Körper studieren müsse, um ihn malen zu können, er, Teddy, biete sich als Studienobjekt an, sie müsse es nur sagen, er würde ihr Modell stehen. Praktische Übungen nicht ausgeschlossen.

Lili habe ihn ignoriert, aber Berti sollte das wahrscheinlich besser nicht erfahren, er würde doch Teddy jedenfalls auf der Stelle erschlagen wollen, und wem sei damit gedient?

Sigi lehnte ein paar Bilder an die Wand. Blaues Meer, Häuser, kleine weiße Quadrate, Skizzen von Olivenbäumen.

»Hübsch«, sagte Luise.

Fanni verdrehte die Augen. Lass uns abhauen, hieß das.

»Das ist einfach nur brav«, sagte Lili, die jetzt ihre Bilder verstaute und die Farben, die Pinsel, die Spachteln wegräumte. »Das da«, sie drehte ein Bild um, »das finde ich hundertmal spannender.«

»Das da« war eine braun verschmierte Leinwand mit ein paar Farbflecken drin.

»Selbstporträt in einem zerbrochenen Spiegel«, sagte Lili. »Das war technisch nicht perfekt, absolut nicht perfekt. Aber da war was von dir drin. Das ist mutig, so zu malen.«

»Es war hässlich!«, quietschte Sigi. »Es war schlecht gemalt und hässlich. Und ich kann keine Menschen malen!«

»Darum geht's doch gar nicht«, rief Lili. »Selbst dass du die Farbe einfach drübergeschmiert hast, hat mehr Kraft als alle deine Meer- und Hausbilder! Ehrlich, du solltest da weiterarbeiten! Alles andere ist doch nur feige Kleckserei!«

Fanni zog Luise mit sich fort. Sie habe für heute genug von jeglichem Künstlergerede, zischte sie. Von Möchtegernkünstlern sowieso. Allerdings verspüre sie das dringende Bedürfnis nach Alkoholischem, ob Luise ihr dabei Gesellschaft leisten wolle? Luise wollte.

STRANDPLATZ MIT NETZ. BEI NIKOS

Am Strand waren die Männer, Volleyballmänner. Alex, Berti, Simon und Ossi auf der einen Seite des Netzes, auf der anderen Seite Hartmut, Harry, Bruno und Paul.

Das Spiel war in der Endphase, die Männer waren gut gelaunt, nur Hartmut schien nicht damit umgehen zu können, dass seine Mannschaft im Rückstand war. Ein verzückter Aufschrei ließ Luise zusammenfahren. Sigi sprang hinter ihr auf und ab und feuerte abwechselnd Bertis und dann wieder Hartmuts Mannschaft an. Alex und Berti machten den Matchball am Netz, Berti schlug Alex anerkennend auf die Schulter, sein Blick fiel auf Lili, die gemeinsam mit Sigi gekommen war.

»Komm wieder runter«, sagte Paul, als Hartmut fluchend den Ball ins Wasser schoss.

Fanni funkelte Harry, der auf sie zukam, wütend an.

»Die Kinder haben nichts zu trinken gehabt. Ich habe ihnen meine Wasserflasche gegeben, aber eigentlich waren sie vorher bei dir und du solltest dich darum kümmern. Sitzen in der Hitze ohne einen Tropfen Wasser ...«

Harry zog die Augenbrauen zusammen. »Sie können jederzeit ins Appartement ...«

»Ich weiß nicht, was du im Kopf hast«, sagte Fanni eisig, »aber wenn du nicht einmal mehr an deine eigenen Kinder denkst ...«

»Na hör mal«, protestierte Harry, aber da stapfte Berti auf Lili zu, er hob sie hoch und trug seine kreischende Beute zum Wasser, Harry wandte den Kopf ab. »Wenn du vor dem Singen noch was trinken willst«, sagte Luise, »dann sollten wir uns beeilen.«

Über die Schwelle von Nikos' Küche rutschte ein wuscheliger Babyhund und torkelte über die paar Stufen auf sie zu. Er entdeckte Fannis Sandalen unter dem Tisch. Aus seiner Kehle kam ein seltsames Geräusch, ein Babyknurren, die Vorstufe eines richtig gefährlichen wölfischen Knurrens. Er stürzte sich auf die Sandalen, packte sie, schüttelte sie, fiel in seinem Übereifer zur Seite und wälzte sich auf der Jagd nach seinem Schwanz niesend im Staub. Mehr quietschend als bellend kugelte er auf Frida zu, die mit ihrer Mama vom Liegeplatz heraufkam. Frida fiel dem Hündchen entgegen, sie ließ sich von ihm Gesicht und Hände abschlecken, bis Marlies dem ein Ende bereitete.

»Die Frida«, sagte Luise, »so ein glückliches Kind.«

»Was mich am allermeisten nervt an Frauen wie Lili«, sagte Fanni. Sie ballte die Fäuste.

Die aufgelegte Unschuld, mit der sie eine Spur der Zerstörung hinterließen. Die Naivität des Augenaufschlags, das fortwährende Schwingen der Locken, das Schürzen der Lippen, dazu noch das: die Unnahbare zu geben – und dann doch nicht so unnahbar zu sein. Und ja, fügte sie heftig hinzu, vielleicht könne man es nicht Lili vorwerfen, wenn sich die Männer aufführten wie Idioten, sie brauche aber jemanden, auf den sie wütend sein könne. Lili könne sie das Schlimmste an den Hals wünschen – und, um hier keinen Zweifel aufkommen zu lassen, das täte sie auch! – wie aber solle sie mit Harry umgehen?

Luise machte den Mund auf und wieder zu, »siehst du«, sagte Fanni, »dir fällt auch nichts dazu ein.«

Noch einmal setzte Luise zu einer Antwort an, aber Fanni hatte schon ein paar Euro auf den Tisch geworfen, ihre Sandalen angezogen, japsend lief der Welpe hinter ihr oder ihren Sandalen her.

»Warte«, sagte Luise, Fanni stürmte die Stufen hinunter. Luise seufzte und zog ihr Inselbuch aus dem Rucksack.

Die Krux ist ja, notierte sie.

Frida wackelte vorbei. Sie hatte einen Zweig gefunden, mit

dem fuhr sie über den staubigen Boden. Sie malte Muster in den Staub, Kreise und Zacken und Wellenlinien. Mit einem Besen wischte sie über den Boden, löschte Kreise, Zacken, Wellenlinien aus. Und malte wieder Kreise, Zacken, Wellenlinien. Die Fülle, die Leere, die Fülle.

Dass sie einmal gemeint hatte, dachte Luise, sie könne ihr Leben so leben: auslöschen, was gewesen war. Sich ein neues Skript schreiben. Ohne Vergangenheit leben, als könnte man immer wieder neu starten. Aber das funktionierte noch nicht einmal hier auf der Insel, noch nicht einmal für zwei, drei Wochen. Man nahm sich doch überall hin mit, als wüsste sie das nicht.

Luise sah auf die Uhr. Aber was war die Krux? Und sie würde zu spät zum Singen kommen.

Alex fläzte sich neben sie auf den Sessel.

»Luise! Ich habe ein cooles Projekt, eine coole Idee, willst du es hören? Ich will wissen, was du davon hältst!«

»Nicht jetzt«, sagte sie. »Singkurs. Ein anderes Mal?«

Am Strand spazierten Berti, Lili und Sigi vorbei. Berti küsste Lili. Sigi schaute Beifall heischend in die Runde. *Eine Figur über Bedingungen des Glücklichseins nachdenken lassen. Und wie überflüssig man ist, wenn andere lieben.*

Am Liegeplatz quietschten die Schaukeln, die Schatten fielen lang.

AMPHITHEATER

Und dann war es wieder so, als wäre die Welt ein schöner Ort. Als wäre das Leben ein leichtes. Als wäre jeder Tag gemacht zur Freude, zur vollkommenen Freude. Und dieser Abend ein funkelnder Kristall.

Paul hatte Luise einfach geschnappt und jetzt drehte sie sich mit ihm unter dem Segel des Theaters und die Inselband spielte kubanische Lieder und griechische Lieder und dann und wann ein österreichisches Volkslied. Die bunten Laternen drehten sich um und um, und alle Menschen, die sie liebte auf dieser Insel, drehten sich und lächelten ihr zu.

»Ópa!« riefen sie, »páme!«, und Berti schwenkte alle Mädels herum: Fanni, Martha, Hilde, Almut, Irene, und immer wieder Lili und Lili und Lili.

Der orange Mond drehte sich, das Meer, die blaue Nacht und die Sterne drehten sich, und in dem wirbelnden Kreisel drehte sich Paul mit Luise und sie stellte fest, dass sie es mochte, wie er sie hielt, dass sie die Wärme seines Körpers mochte und den Duft seiner Haut, dunkle Blässe, sie machte die Augen zu, und wenn sie sie wieder aufmachte, war die Welt immer noch da und sie war schön.

Paul wirbelte sie über den Holzboden und Luise lachte und nachher lehnten sie am Pfosten, atemlos, der Nachtwind kühlte, und Luise hatte ein bisschen Angst, plötzlich, aber die verging wieder.

Paul zog Luise auf den Tanzboden. Dem nachgeben, dachte Luise, ein wenig nur dem nachgeben, gegen ihr besseres Wissen sich ein wenig einer Sehnsucht ergeben.

Sigi stolperte in Almuts Arme, die ihn an ihren großen Busen presste und über die Tanzfläche zerrte, Berti tanzte mit Lili, und Luises Herz schmerzte. Sie vergrub ihren Kopf an Pauls Schulter. Wenn sie den Kopf ein wenig hob, sah sie eine Ader an seinem Hals, die pulsierte, und es rührte sie, wie das Leben so dicht unter der Haut schlug.

Unter dem Eukalyptusbaum bei den Duschen spielten Kinder – Baumkletterer, Kätzchenstreichler –, sie winkte Lara und Timmi zu, sie sah Harry, der mit Fanni tanzte, alles gut, dachte sie. Alejandros Tanzschülerinnen legten eine kleine Choreografie mit ihm aufs Parkett, jemand stieß sie in die Seite, plötzlich war da eine Unruhe.

Käthe rempelte sich durch die Schar der Tanzenden zu Berti durch, der jetzt mit Irene eine wilde Runde drehte. Sie stellte sich ihnen in den Weg.

»Mama!«, rief Irene. »Pass doch auf!«

Käthe packte ihre Tochter am Armgelenk. »Du kommst jetzt mit!«

Irene protestierte, Berti lachte. »Sei keine Spielverderberin, Käthe! Lass uns doch den Spaß!«

Aber Käthe hielt weiter den Arm ihrer Tochter umklammert. »Den Spaß!«, zischte sie. »Du lass meine Tochter in Ruhe, verstanden?«

Berti starrte Käthe an. »Spinnst du jetzt? Was soll das?«

Käthe zerrte Irene fort. Berti hob, als ihn Luises fragender Blick traf, abwehrend die Hände. Dann spielte die Band das letzte Lied und noch das allerletzte, Luise löste sich von Paul. Ihr Herz tat schrecklich weh.

»Das war ein schöner Tag, Lu-ise. Vom Morgen bis zum Abend.« Paul lächelte. »Auf Wiedersehen, Lu-ise.«

Sprach's und verschwand in die Nacht.

4. TAG / DIENSTAG

DA UND DORT UND ÜBERALL

Dass sie den freien Tag kursleiterlos verbringen würde, hatte Luise gedacht. Sowieso jegliche Anbindung vermeiden, hatte sie sich gesagt, aber als sie am nächsten Morgen zum Strand ging, wo das Segelboot anlegen würde, saß Paul im Sand, ein wenig abseits der Wartenden, und sah auf das Meer hinaus. Er sah so aus, als wollte er genau das tun, da sitzen und auf das Meer hinausschauen, als genügte er sich selbst und wünschte auch keine Gesellschaft, also winkte sie ihm erst beim Einsteigen in das Zubringerboot zu.

Er kam mit der zweiten Tour zum Schiff, da hatte sie sich schon einen Platz unter dem Segelbaum gesucht, ein Handtuch ausgebreitet, ihre Habseligkeiten verstreut, Buch und Sonnencreme und Sonnenhut, sich in einer Aktivität halten, sagte sie sich, keinesfalls sollte er glauben, sie würde darauf warten, dass er sich zu ihr setzte. Oder er müsse, nur weil sie gestern getanzt hatten, dunkle Blässe und Herzschlagpulsen, müsse er jetzt mit ihr umgehen wollen – sich also in einer Aktivität halten.

»Darf ich mich zu dir setzen?«

Sie sah hoch in sein schattiges Gesicht.

»Oder magst du lieber alleine sein?«

Sie rückte zur Seite.

Eine heroische Landschaft zog an ihnen vorbei, die Luise sonst gerne mit antikem Personal ausstattete – Göttern, Helden, Nymphen und dergleichen – das Wasser gischtete und Poseidons Pferde jagten, von Luise diesmal weitgehend unbemerkt, und jedenfalls unkommentiert, auf die Küste zu. Die Erklärungen des Skippers zum Schiff, zum griechischen

Tourismus im Allgemeinen und dessen Auswirkungen auf die zakynthische Meereswelt im Besonderen gingen an Luise ebenso vorbei wie die Unterhaltungen der Mitpassagiere.

Dass er vorgehabt habe, sich in den vielen freien Stunden, in denen er keinen Kurs zu halten hatte, auf sein Herbstprojekt vorzubereiten, sagte Paul nach einer Weile, während der er neben Luise gesessen war und auf das Meer und die vorüberziehende Landschaft geschaut hatte. Er sei aber noch nicht dazu gekommen.

Ihr gehe es ähnlich, sagte Luise, und dann saßen sie, Paul mit dem *Sturm* und Luise mit den *Metamorphosen* im Schoß, und Paul entwickelte Inszenierungsideen und Luise erzählte von einem Schreibprojekt mit ihrer Klasse, »oder wir spielen Ovid nach!«, und dann bevölkerten sie gemeinsam zu Luises großem Entzücken die heroischen Bergzüge mit Göttern, Helden, Nymphen und dergleichen. Zwischendurch las sie Paul blutrünstige Stellen vor.

»Grauslich«, sagte Paul versonnen. Und dass ein Freund von ihm, Archäologe, ihnen die Notwendigkeit des Grausigen im Mythos sicher näher erklären könnte.

Dass man einen Krimikurs aufbauen könnte, sagte Luise, der aus den *Metamorphosen* schöpfte – »also, du müsstest es schon in die Gegenwart transportieren, aber das Schöne an den Griechen ist ja, dass sie so universal sind, weißt du, was ich meine?«

Paul wusste genau, was sie meinte.

Transformation, sagte Luise, und was wisse man schon, was alles in einem schlummere, wozu man fähig war, im Guten wie im Bösen, dass wir doch nichts über uns selbst oder über andere wüssten. Und ob wir denn das tatsächlich wollten, Kenntnis über uns.

Auf Pauls Stirn erschien eine steile Falte.

»Wobei«, fuhr Luise fort, »ich mir jetzt gar nicht sicher bin, ob der Mythos das denn belohnt: Erkenntnis, oder den Wunsch danach.«

Ging es nicht meistens darum, Überschreitung von Grenzen zu bestrafen? Wurde nicht der Versuch des Menschen, sich zu entfalten, sich auszuprobieren, Neues und Unerhörtes zu tun, im Mythos von vornherein gleichgesetzt mit Hochmut, mit Selbstüberschätzung, als wollte man den Göttern gleich sein, verachtenswertes Verbrechen.

»Oder heißt Menschsein, dass wir auf so schmalen Pfaden wandeln, dass wir des Absturzes immer gewärtig sein müssen?«

Wandeln, dachte Luise. Sie hatte tatsächlich »wandeln« gesagt. Und: »gewärtig sein«. Unter Verwendung des Genitivs. Wer redete denn so. Und redete sie nicht viel zu viel und zu bestimmt, Paul war für den Rest der Fahrt in einem Schweigen eingeschlossen.

»Was wäre, vom Mythos her gesehen, die dir angemessene Gestalt?«, fragte er aber, kurz bevor sie in Keri zum Mittagessen anlegten.

Luise zögerte. »Eine Nymphe?«

»Mehr Wasser oder mehr Baum?«

»Mehr Baum.« Die Röte kroch ihr ins Gesicht. »Ein wenig Daphne wahrscheinlich.«

Später, als sie zur Grotte fuhren, war Daphne kein Thema mehr. Luise hatte Flossen und Taucherbrille mit, Paul lieh sich welche aus.

Und dann die Unterwasserwelt, die wiegenden Algenwälder, die Sonnenkringel, das Sandgekräusel, die Stille. Kleine bunte Fischschwärme standen im Türkis. Luise zeigte auf die Felsen, die Fische, die anderen Fische. Paul tauchte ein Seeigelgehäuse herauf, sie schwammen in die Grotte hinein und wieder heraus, manchmal streiften einander Arme, Beine, sie waren Unterwassergeschöpfe.

Bei der Rückfahrt wurde das Segel gehisst, ein weißes Dreieck im dunklen Blau. Luise und Paul saßen an der Schmalseite des Bootes im Schatten des Segels, das über ihren Köpfen knatterte und riss.

»Für eine Baumnymphe hältst du dich recht gut im Wasser«, sagte Paul. Luise schlug ihm auf den Arm. Sein Lächeln vertiefte sich.

»Und du?«, fragte sie. »Gestaltmäßig, verwandlungsmäßig – wer wärst du, wenn du nicht der wärst, der du bist?«

»Immer ein anderer«, sagte Paul und wirkte, einen Moment lang, fast grimmig.

DORT UND DA

Am Strand war großes Durcheinander, Kinder, Hunde, Begrüßungen, als hätte man sich ewig nicht gesehen. Paul ging zum Kursleiteressen, »auf Wiedersehen, Lu-ise«, sagte er, und Luise dachte, dass es seltsam war, die förmliche Verabschiedung, und schön, als wäre sie ein Versprechen.

»Und?«, rief Fanni. »Wie war es? Du musst mit uns ins Coffee House kommen. Ich will alles wissen!«

»Es gibt nichts zu wissen.«

»Du bist verliebt«, rief Fanni. »Und er? Was ist mit ihm? Wann seht ihr euch wieder?«

»Morgen, Fanni. Im Kurs. So wie du auch. Hör auf, so ein Trara zu machen!«

»Und du bist doch verliebt!«

Harry nickte Luise mit einem gequälten Gesichtsausdruck zu, Fanni zog ihn, entschlossen gut gelaunt, Richtung Dorf.

Luise ging in ihr Appartement. Sie trank, während der Abend über die Insel sank, ein Glas Wein auf der Terrasse, sie brütete über ihrem Mörderkapitel, das wollte sie morgen Früh noch abgeben, sie dachte über die verschiedenen Möglichkeiten, wie sich ein Leben von einem gegebenen Punkt aus entwickeln konnte, nach. Banales Schicksal, den falschen Menschen zu lieben und das zur falschen Zeit. Konnte es eine richtige Zeit mit dem falschen Menschen geben? Einen richtigen Menschen und eine falsche Zeit? Oder war jede Liebe richtig, auch wenn die Menschen und die Zeiten falsch waren, was änderte das an der Richtigkeit der Liebe?

Sie sah nach oben. Sterne, Meeresrauschen, blödsinniges Mädchendenken!

Sie blätterte im Ovid, sie las die Daphnegeschichte nach, was für ein Unsinn, sich mit Daphne zu vergleichen. Was verband sie mit der Nymphe, vielleicht dies: die Bewegung des Flüchtens; sie aber floh nicht vor dem Begehren eines anderen.

Schließlich spazierte sie ohne rechtes Ziel herum. Auf den letzten Stufen zum Strand saßen zwei.

»Luise!«, sagte Lili. »Setz dich zu uns!«

Die Verlegenheit zwischen Luise und Berti, die Lili nicht zu bemerken schien.

»Du bist nicht beim Kursleiteressen?«, fragte Luise.

Berti schüttelte den Kopf. Dass er die anderen Kursleiter grade nicht aushalte. Dass er froh sei, sie einen Tag lang nicht sehen zu müssen.

»Wie war das Segeln?«

»Schön.« Sie sah auf das Meer. »Paul war auch mit.«

»Ah!« Berti lachte auf. »Paul.«

»Ich mag den Paul«, sagte Lili. »Im Gegensatz zu etlichen von den anderen Kursleitern.«

»Aha?«, sagte Berti.

Lili küsste ihn. »Der Paul ist aufrichtig. Gradlinig. Unverstellt.«

»Man könnte meinen …«, sagte Berti.

Jetzt küsste Berti Lili und Luise studierte den Großen Wagen, der vor ihnen über dem Wasser aufgezogen war. Nach dem Großen Wagen studierte sie den Wellengang und wie der Mond sich im Wasser spiegelte, dann sprang Lili auf – »Ich hol uns was zu trinken« – und lief über die Stufen hinauf. Berti malte Muster in den Sand.

»Du hast ihr nichts gesagt«, stellte Luise fest.

»Wie kann ich das?« Er riss an seinen Haaren, seinem Bart, als wollte er sich sein Gesicht abreißen.

Später saß Luise alleine am Meer, das war schwarz unter einem dunkelblauen Himmel. Durch ihre Träume lief eine Nymphe und ein Gott sang im Lorbeer.

5. TAG / MITTWOCH

KEIN MORGENMEER UND MÖRDERKURS IV

Luise hatte verschlafen und das Morgenmeer hatte heute ohne ihr Beisein das Licht erblickt. Jetzt saß sie unter grünem Laub auf ihrem geflochtenen Sessel am blauen Tischchen und wartete wild trommelnden Herzens auf die Mittagsstunde. Käthe starrte düster ins Leere. Philipp sonnte sich nun doch im Schriftstellerruhm.

Das zweite Buch sei schwierig, sagte er, er sei noch auf der Suche, und ja, er habe ein reales Vorbild für die Protagonistin in *Sonnenfinsternis* gehabt, er verstehe aber die Diskussion um den realen Anteil in einer fiktiven Erzählung nicht. Entweder schwinge ein Vorwurf mit, als könnte man sich selbst nichts ausdenken, oder es werde so getan, als wäre dies die eigentliche Qualität eines Textes, dass er so direkt in der Realität verankert sei – beides gehe aber am Wesentlichen vorbei.

»Und«, sagte Hilde, als Philipp nicht weiterredete, »was ist das Wesentliche?«

»Die Verwandlung.«

Berti, der nach Lili Ausschau hielt, Berti schnaubte. Was sich der Herr Schriftsteller denn anverwandelt habe? Und sei nicht auch Kannibalismus eine Form der Anverwandlung?

Philipp runzelte die Stirn. Was er damit sagen wolle?

»Oh, aber das weißt du.« Und könne man denn davon leben, von den Silberlingen?

»Warum sagst du nicht klar heraus, worauf du hinaus willst«, Philipp erhob sich halb von seinem Sessel.

Bevor aber die beiden Männer aufeinander losgehen konnten, stürzte sich Sigi begeistert auf Berti.

»... ich war grad bei der Bäckerei vorne da gab's die Tiropita ganz frisch die magst du doch so gerne du kannst auch den Kaffee haben doch nein der ist für dich viel Spaß beim Morden ich freu mich schon auf den Fotokurs ich hab gestern ein paar ganz interessante Bilder gemacht bis später dann …«

Martha zog Philipp auf seinen Sessel zurück, Berti biss in das duftende Teigtäschchen, Lili setzte sich, strahlend, neben Berti. Als Letzter endlich Paul, ebenfalls mit Kaffee und Tiropita ausgestattet.

»Entschuldigt die Verspätung, ich musste nur schnell … Hattet ihr einen schönen freien Tag?«

»Und selber?«, fragte Fanni.

»Ja, danke, ich hatte einen sehr schönen Tag gestern.«

Ein Lächeln ging zu Luise, bevor er sich in den Zetteln vergrub, die er aus seiner Tasche holte. »Er ist verlegen«, flüsterte Fanni. Luise stieß Fanni in die Rippen.

»Ich habe mir eure Texte angeschaut – ihr habt ganz unterschiedliche Aufgabenstellungen gefunden, das ist sehr fein. Die Brennergeschichte … schöne Schockelemente … ich wünsche mir da noch eine genauere Erarbeitung der Schauplätze. Und vielleicht findet ihr doch einen psychologisch halbwegs einleuchtenden Grund, warum hier so gemetzelt wird?«

»Muss das sein?«, fragte Berti. »Einfach nur in Blut waten reicht nicht?«

»Ich hab's dir gesagt«, sagte Alex. »Es ist viel gruseliger, wenn es eine Geschichte dahinter gibt! Und wir haben doch schon ein paar Möglichkeiten notiert! Du wolltest dir dazu was überlegen – was ist damit?«

Berti murmelte was von »keine Zeit«, Alex rollte den Plan auf, den die Gruppe erstellt hatte, »hier und hier und hier«, sagte er. »Kunstfehler, die nie vor Gericht verhandelt worden sind. Menschen, die, ohne es zu wissen, andere Leben zerstört haben. Oder die ganz bewusst Leben zerstört haben. Menschen, die …«

»Entscheidet das ohne mich«, sagte Berti, »das ist mir zu fitzelig. Sich an dreizehn Leuten rächen wollen! Und dann auch noch: alle dreizehn ganz zufällig auf der Insel? Das ist doch total unwahrscheinlich.«

Als ob es darum ginge! Und sei nicht das Leben an sich eine einzige Unwahrscheinlichkeit?

»Ein Philosoph«, grinste Philipp. Alex warf ihm einen bösen Blick zu.

Was sie davon hielten, fragte Berti, wenn er die Geschichte bebildere? Das mit dem Schreiben sei nicht so seins. Und das mit den psychologischen Hintergründen schon gar nicht.

Das sei doch ein schönes Angebot, sagte Paul. Er wandte sich der nächsten Gruppe zu.

»Interessantes Spiel mit den unterschiedlichen Detektiv-Typen! Ehrgeiziges Projekt, die Geschichte über die Detektive laufen zu lassen! Gelungene Charaktere! Ihr habt auch schon Handlungsstränge entwickelt?«

Bruno, Helene, Käthe und Irene nickten.

»Und dann die Geschichte mit den drei Schwestern. Schön düster! Erstaunlich, wie viele Todesarten ihr eingebaut habt, Martha und Hilde! Eine Art Gruppenmonolog – den könnte man, so wie er ist, auf die Bühne stellen. Und die Porträts der drei sehr jungen Menschen – das ist ein reizvoller Kontrast zu den Schwestern.«

Bevor sie sich wieder an ihre Gruppenarbeiten machten, ließ Alex Listen durchgehen. Er arbeite im Fotokurs an einer Art »Verbrecherkartei«. Porträts von Freiwilligen werde er, nach dem Zufallsprinzip, Zuschreibungen zuordnen, dabei interessiere ihn vor allem das Wechselspiel von Gesichtsausdruck und verbaler Beschreibung. Dafür bitte er sie um ihre Ideen.

»Was immer euch einfällt, durchaus auch Banales, Klischees. Auch Positives: der liebevolle Vater, die hingebungsvolle Gattin, die engagierte Lehrerin. Oder ins Negative gewendet: der verlogene Sohn, die gierige Tochter, der Weiberheld, die Verführerin. Und natürlich gesteigert ins Verbrecherische: die Gattenmörderin, der Serienmörder und so weiter.«

Er grinste. Ob sie sich auch für die Porträts zur Verfügung stellen wollten?

»Du kannst mit mir anfangen«, sagte Bruno. »Mal sehen, welche Untiefen ich noch entdecken werde.«

Helene räusperte sich. Auch sie und Irene hätten da so eine Idee gehabt. Ein kleiner interner Spaß für die abendliche Vernissage. Es möge doch jeder etwas an seinem Äußeren verändern, eine Kleinigkeit nur, ein Detail, etwas sollte anders sein, als man es gewohnt war. Ein abendliches Ratespiel: Was war anders – und was wäre daraus zu schließen?

Schon wollte sich die Gruppe freudig in eine Diskussion stürzen, als sich eine verdrießliche Käthe vernehmen ließ: »Können wir jetzt dann endlich arbeiten?«

»Ja«, sagte Paul, »tun wir was!«

Und während also die Gruppen sich über ihre Texte und Plakate beugten und während Paul von Tisch zu Tisch wanderte, fragte sich Luise wild trommelnden Herzens, wie sie ihrem Kursleiter jetzt begegnen sollte. Noch dazu unter Fannis Augen. Aber die anderen arbeiteten so entschlossen an den verschiedenen Eckpunkten des Projekts, dass es ganz einfach war, sich der gemeinsamen Arbeit anzuschließen. Und dass über den Tisch hinweg Luise kurz wegtauchte in ein grünes Funkeln mit goldenen Einsprengseln – ja, mein Gott!

Fanni liefen, und warum bemerkte Luise das erst jetzt, Fanni liefen Tränen übers Gesicht.

»Was ist los, Fanni?«, fragte Luise, die gerade ausführlich vom Ausflug des Vortags erzählt hatte, erschrocken. »Was ist passiert?«

Fanni bückte sich. Sie hob Steine auf, wog sie in ihrer Hand und warf sie endlich mit heftigem Schwung, einen nach dem andern, ins Wasser.

»Wenn er auch nur ein Gramm Hoffnung auf Erfolg hätte – er würde auf und davon laufen, mich hinter sich lassen, unser gemeinsames Leben, die Kinder hinter sich lassen und warum? Wegen ein bisschen weißer Haut und roter Haare! Wenn er es wenigstens zugeben würde! Wenn er es sich, oder mir, eingestehen würde! Aber nein, er spielt den zuvorkommenden Ehemann – zuvorkommend! Das ist unerträglich – und behandelt mich mit einer Herablassung, das fällt ihm natürlich nicht auf, blödsinniges Liebesmärtyrertum! Als wäre er der erste und einzige Mensch, den je die Liebe erwischt hat, und was geht mich überhaupt das Liebesleid meines Ehemannes an, eselige Blödheit!«

Fanni holte Luft.

»Nein«, sagte sie auf Luises unausgesprochene Frage hin. »Da ist nichts. Aber ich fühle mich betrogen. Ich bin betrogen. So wenig reicht, und er wirft sein Leben weg? Wirft uns weg?«

»Noch hat er nicht …«, warf Luise ein.

»Eben. NOCH nicht.«

Sie waren bei den Felsen angelangt, die das Ende des Sandstrands anzeigten. Am Vormittag hatte Luise im Tauchkurs rund um die Felsen geschnorchelt. Hier war der Meeresboden mit Seetang bedeckt, das Leben, das zwischen den Wedeln war, hatte sie entzückt. Und wie der Tang und Luise selbst, ruhig im Wasser liegend, mit dem Wellengang mitgeschwappt waren.

Und woher, fuhr Fanni fort, woher komme dieses blödsinnige Verlangen nach geheimnisvollen Frauen! Warum wollten Männer Geheimnisse, wenn sie Vertrauen haben konnten, wenn sie Verständnis haben konnten – beides ginge aber nicht: das Geheimnis und das Vertrauen. Das eine schließe das andere aus. Und sie, sie setzte sich in den Sand und lehnte sich erschöpft an einen Stein, der aus dem Sand ragte, sie sei eine ganz und gar ungeheimnisvolle Person. Wenngleich es eine Sache gebe, die sie von sich selbst nicht gewusst habe: Dass sie zu so mörderischer Eifersucht fähig sei.

»Was wirst du jetzt tun?«

Fanni hob die Arme. »Nichts. Was soll ich tun? Ich werde nichts tun.«

UNTER EINEM SCHIRM AM STRAND

Später saß Luise im Schatten eines Schirmes am Wasser. Jemand setzte sich neben sie, das war Paul. Halsschlagendes Herz.

IM OLIVENHAIN

Dann fiel ihr ein, dass sie noch Brot kaufen musste, und Käse und Wasser, bevor die Vernissage begann. Im Olivenhain hörte sie erregte Stimmen.

»Und du kommst nach zwanzig Jahren, Käthe?«, brüllte Berti. »Nach zwanzig Jahren kommst du und behauptest, dass ich eine Tochter habe?«

Käthes Stimme, die sich schrill überschlug: »Erzähl mir nicht, du wärst zu irgendeinem Zeitpunkt deines Lebens scharf drauf gewesen, Vater zu werden!«

»Und das fällt dir jetzt ein? Wieso jetzt? Warum hast du nicht früher was gesagt? Irgendwann in den letzten Jahren?«

Luise sah sich nach einer Fluchtmöglichkeit um. Jeden Moment mussten Käthe und Berti hinter der Wegbiegung auftauchen, sie würden es Luise ansehen, dass sie ihr Gespräch mitgehört hatte.

Sie habe nicht gewusst, sagte Käthe, dass Berti der Junge gewesen sei, mit dem sie damals geschlafen hatte.

Er könne sich noch nicht einmal erinnern, dass er mit Käthe geschlafen habe. Woher solle er wissen, dass es wahr sei, was sie behauptete? Und was mache sie so sicher, jetzt, plötzlich?

»Du wirst ja wohl nicht abstreiten«, zischte Käthe, »dass du vor zwanzig Jahren hier gewesen bist.«

Er sei betrunken gewesen, ständig, er habe sich ein Mädel nach dem anderen aufgerissen, es sei ein wüster Sommer gewesen – das müsse er doch noch wissen. Oder habe er diesen Sommer aus seinem Gedächtnis gelöscht?

»Und du?« Bertis Stimme klang feindselig. »Du hast dir keinen anderen gefunden als einen besoffenen Jugendlichen im Halbkoma? Wie armselig ist das denn, Käthe?«

Luise machte jetzt etwas ganz Dummes. Sie verkroch sich im Graben hinter den Büschen, die am Straßenrand standen. Hühner pickten Körner, ein Hahn scharrte nach Würmern, Luise schämte sich.

»Ob du es glaubst oder nicht«, sagte Käthe, »du hast mir leidgetan, deswegen habe ich dich mitgenommen.«

Berti brüllte vor Lachen. Käthe fuhr fort, eisig.

»Du bist am Strand gewesen, mitten in der Nacht. Du bist ins Wasser hinausgewankt und hast irgendwas geschrien, dass du es nicht verdienst zu leben, dass du Schluss machen wirst – hätte ich gehen sollen? Hätte ich dich ertrinken lassen sollen?«

Jetzt standen die beiden vor den Büschen, hinter denen Luise hockte. Eine Henne raschelte im Gebüsch gegenüber, Luise wünschte sich weit fort.

»Ich habe dir einen Kaffee gemacht«, sagte Käthe. »Du hast geweint. Wir haben miteinander geschlafen. In der Früh warst du fort.«

Sie habe ihn am nächsten Abend beim Lagerfeuer am Strand wiedergesehen. Er habe ein Mädchen neben sich gehabt, er habe sie, Käthe, noch nicht einmal wiedererkannt.

Jetzt scharrte Berti mit den Füßen im Staub. Luise dachte sich Käthe zornrot, oder bleich, und wie Berti ihrem Blick auswich.

Sie hätten ihn Joe gerufen. Käthe habe ihn als Joe gekannt. Wegen des Liedes, das er am Lagerfeuer gespielt habe. Wenn er der sei, den sie Joe genannt hatten, dann sei er Irenes Vater.

An Luises Bein krabbelten Ameisen hoch.

Was sie jetzt von ihm wolle, brach Berti das Schweigen. Warum sie ihm das alles erzähle, wenn Irene doch nicht erfahren sollte, dass er ihr Vater war.

Das frage er im Ernst? Käthes Stimme kippte.

»Ich will nicht, dass meine Tochter zufällig mit ihrem Vater schläft, weil ich zu feig bin, über meine Vergangenheit zu reden.«

Dann war da eine laute Stille. Ein Hahn krähte.

»Rini«, sagte Berti. »Du bist die Rini. Katharina. Du hast lange Haare gehabt. Du hast mich aus dem Wasser geholt, deine Haare sind nass geworden. Es war Kakao, kein Kaffee … du … du hast nach Schokolade geschmeckt …«

Ein Aufschrei, Schritte, die sich schnell entfernten, in die eine und nach einer Weile auch in die andere Richtung. Ein Hahn spazierte über die Straße. Er plusterte sich auf, krähte, einmal, zweimal, stolzierte nickend weiter. Luise kroch aus ihrem Graben heraus. Sie klopfte sich die Hose ab. Und sie hatte sich doch aus allem heraushalten wollen.

AM BAUERNHOF

Vor dem Bauernhof waren, von Scheinwerfern ausgeleuchtet, die Bilder der Kursteilnehmer ausgestellt. Unter den Kiefern wartete das Buffet.

Luise war nervös. Sie trug eines von Fannis Kleidern, ein eng anliegendes blau-grün schillerndes Ding mit Spaghettiträgern und großzügigem Ausschnitt. Fanni hatte recht gehabt: Die Farbe stand ihr und der Stoff, wie fühlte sich der Stoff an, sinnlich? Luise hatte, wie sie so dastand, ein bisschen ein Problem mit dem Sinnlichen und damit, dass sie so alleine sinnlich in der Gegend herumstand.

Gott sei Dank trafen nacheinander die Schreibkursler ein. Martha und Hilde hatten ihre Haare gelöst. Braune Locken, von Grau durchzogen, fielen auf ihre Schultern und sie sahen nicht im Geringsten nach den lieben, wunsch- und begierdefreien älteren Damen aus, als die Luise sie bis jetzt gesehen hatte. Bruno und Helene zeigten sich in großer Abendgarderobe.

»In letzter Minute noch eingepackt! Eine Fügung!«, grinste Bruno.

Käthe schien keine Lust gehabt zu haben, das Spiel mitzuspielen, es war aber etwas in ihrem Blick, dass keiner eine Bemerkung darüber machte. Alex und Simon kamen unter großem Hallo und in Frauenkleidern, begleitet von Philipp, wie immer in Schwarz, aber mit einer schweren Goldkette um den Hals und Ringen an den Fingern.

»Süßer!«, flötete Alex und stöckelte etwas wackelig vorbei.

»Und wo ist der beste aller Kursleiter?«, sagte jemand in Luises Ohr. »Wo ist dein Paul?«

»Er ist nicht mein Paul«, protestierte Luise, aber nur schwach. Sie musterte Fanni.

»Na hör mal! Mich zwingst du in eine Verkleidung und selber hast du gar nichts gemacht?«

Fanni zupfte an Luises Kleid. »Erstens ist das keine Verkleidung, sondern sollte deine zweite Haut sein, und zweitens steckt der Teufel im Detail.«

»Wo ist Harry?«

»Tja«, sagte Fanni, »das ist auch so ein Detail, nicht wahr?«

»Du hast deinen Ring abgenommen! Das ist aber nicht dein Ernst, oder?«

Fanni zupfte noch konzentrierter an Luises Kleid herum. »Weiß nicht. Mal sehen.«

»Fanni, hör zu …«

Fanni nickte zum Eingangsbereich hinüber. »Dein Paul ist da«, sagte sie. »Ich schau nach den Kindern.«

Paul, im schwarzen Anzug und weißen Hemd, das Haar gebändigt und gescheitelt, stand im flackernden Schein einer Fackel beim Bauernhof. Er kam auf sie zu.

»Du siehst so brav aus!«, sagte Luise. »So harmlos.«

»Harmlos, Lu-ise? Dass du dich nicht täuschst! Du weißt schon, das Janusköpfige. Und so.«

»Heilig geradezu. Wie Erstkommunion.«

»Und wie hättest du mich gerne heute Abend? Mehr heilig oder mehr anders?«

Die Luft um Paul roch nach Sommer, nach wildem Thymian, Apoll im dunklen Laub. »Was ist das?«, fragte sie und meinte: Welcher Duft, welches Parfum.

»Das bin ich«, sagte Paul und Luise errötete heftig, was Paul zu amüsieren schien.

»Ich gehe ein paar Leute begrüßen«, sagte er, »ein bisschen plaudern, du läufst mir nicht davon?« Seine Hand streifte ihren Arm.

Luise sah ihm nach. Ihr war plötzlich ganz heidnisch zumute. Und langsam bekam sie ein Gefühl für das Sinnliche.

Lautes Gelächter und Applaus begrüßten einen Neuankömmling. Erst auf den zweiten Blick sah Luise, dass es Berti war. Er hatte seinen Bart abrasiert und die Haare geschnitten. Sein Gesicht war schmäler, als es der Bart hatte vermuten lassen. Quer über die rechte Wange zog sich eine Narbe durch helles Fleisch, sein Mund war kräftig und weich. Ein Knabengesicht hatte sich im Männergesicht versteckt. Käthe starrte Berti an, etwas zuckte in ihrem Gesicht.

»Die Maske ist ab«, rief Berti niemandem Bestimmten zu. »Es kann jetzt jeder sehen, wer ich bin.« Er schwenkte seine Bierflasche.

»Luise! Was sagst du? Kein Versteckspiel mehr.«

Berti stolperte über eine Wurzel, stolperte auf Luise zu.

»Ab heute, Luise, wird alles anders, du wirst sehen, ich lass es jetzt drauf ankommen, keine Lügen mehr, Luise ...« Berti lachte in Lilis Leinwandaugen, die blutend zurückstarrten.

»Klar sehen«, brüllte er, »darum geht's doch, klar sehen, oder? Sigi!« Er quetschte Sigi in eine Umarmung.

»Sigi, du armes Schwein! Komm her! Wir sind, was wir sind, das ist der wahre Berti, das ist der wahre Sigi, das ist nun einmal nicht zu ändern!«

Er schob Sigi Hedwig in die Arme. »Verdammt, Sigi, fang endlich an zu leben! Morgen kann alles vorbei sein!«

Berti brach in röhrendes Gelächter aus. Erleichtert sah Luise, wie Hilde und Martha auf ihn zueilten, ihn in ihre Mitte nahmen und wegzogen.

»Er hätte etwas aus sich machen können«, sagte Philipp und

etwas wie Verachtung glomm in seinen Augen. »Aber er hat jeden Biss, den er vielleicht einmal hatte, längst verloren. Er hat zwei Leidenschaften: den Alkohol und die Frauen. Die Kunst ist bestenfalls eine windige Affäre.«

»Du kennst ihn schon länger?« Alex schwang seine Perückenlocken.

»Ich hatte nie Interesse an einer näheren Bekanntschaft«, sagte Philipp steif.

Und dann war Paul wieder neben Luise. Sein Sakko war er schon losgeworden, die Hemdsärmel hatte er hochgekrempelt.

»Was ist mit Berti los?«

»Lange Geschichte«, sagte Luise, »lange, mühsame Geschichte.«

Am anderen Ende des Geländes sprachen die Kursleiter über die Arbeit der vergangenen Woche. Als letzter Redner ging Teddy in den Applaus für seine Vorrednerin und wehrte diesen verdrießlich ab. Isolde stand düster und schön in der Tür des Bauernhofs, in ihrem Gesicht zeigte sich eine Müdigkeit und etwas wie Überdruss, oder Langeweile.

»Es gab Klagen über ihn«, sagte Paul. »Angeblich soll sich auch Berti beschwert haben, da muss es einen Auftritt gegeben haben …«

Beim Buffet unter den Kiefern fand sich der Krimikurs zusammen. Paul hob seinen Plastikbecher.

»Auf euch! Ich freue mich auf unsere Präsentation morgen!«

»Auf unseren Kursleiter!«, sagte Philipp.

Wie es denn mit einer Fortsetzung des Kurses ausschaue, fragte Helene.

Berti, mit seinem neuen Gesicht, über das er wie verwundert strich, räusperte sich. Er und Paul, sagte er, hätten auch über eine kursübergreifende Sache geredet, sie müssten die Einzelheiten noch mit Barbara besprechen, eine Weiterführung mit dieser Gruppe wäre bei Interesse jedenfalls denkbar. Darauf stießen sie an, dann begann die allgemeine Vermischung aller mit allen.

Luise hörte die bissigen Kommentare zu Teddys Rede, sie ließ sich von einer Sangeskollegin deren Bilder zeigen und leerte mit Ossi einen Becher auf die Sommerakademie, sie tuschelte mit Hedwig über Sigis Flucht aus deren Armen und verstrickte sich mit Bruno und Helene wieder einmal in das Mörderspiel. Sie einigten sich – wieder einmal – darauf, dass das logische Opfer eigentlich nur Teddy sein könne – kollektiver Mord, nichts Neues, nein, aber folgerichtig. Und endlich fand sie Paul wieder.

»Ich hab dich gesucht, Lu-ise«, sagte er.

Paul, nun schon leicht verwildert, sein Haar war verstrubbelt, der erste und auch der zweite Hemdknopf waren offen, Paul zog Luise an sich. Seine Hand lag auf Luises Hüfte, als würde sie genau da hingehören. Thymian und Heu.

»Lu-ise«, sagte er, ein ganz klein wenig betrunken.

Pauls Gesicht war ein dunkles Leuchten, nächtlicher Phöbus, der helle dunkle Gott. Sonnengeboren, wahrsagend, heilend und vernichtend. Und ein ganz klein wenig betrunken. So wühlte sich Phöbus in Luises Haar, streifte Phöbus sengend über Luises Ohr, Luises Hals zu Luises Schulter. Luise legte ihm die Hand auf den Mund, den immer noch ungeküssten Sommermund.

»Ich weiß nicht«, sagte sie. »Ich weiß nicht, Paul«, und rückte ein wenig ab, nur so weit, dass Luft war zwischen seinem Erstkommunikantenanzug und ihrem Meernixenkleid.

Phöbus Apoll, rätselhafter Gott, Nymphenjäger, lächelte.

Und noch bevor Luise oder Paul etwas sagen oder tun konnte, schreckte ein Schrei sie alle auf und danach war alles anders.

Lili stand am Rand des Lichtkreises. Sie trug ein schwarzes Kleid, ihr Haar war streng zurückfrisiert, Priesterin, dachte Luise, Seherin, Kassandra VIELLEICHT.

Lilis Augen, schwarz umrandet, waren weit aufgerissen. Luise folgte ihrem Blick. Berti und Birgit standen eng umschlungen, im blutroten Schein der flackernden Fackeln schien die Narbe auf Bertis Wange zu zucken. Birgit lachte die Rivalin gehässig an, sie drückte sich noch enger an Berti, aber Berti schob Birgit weg, er ging auf Lili zu. Lili tastete nach einer Flasche, die schlug sie gegen einen Baum, über Lilis Arm rann, dunkelrot, der Wein.

»Lili«, sagte Berti, »du verstehst das falsch. Das war nichts, Lili, das war nur …«

Er fuhr mit einem Schrei zurück. Auf seinem Unterarm klaffte ein Schnitt, Lili ließ den Flaschenhals fallen. Blut und Wein tropften von Bertis Arm.

Lili wich zurück, die Menge hinter ihr öffnete sich, nahm sie auf, schloss sich. Dann stand Käthe vor Berti, ein schreckliches Mitleid war in ihren Augen. Berti stierte sie an.

»Zufrieden?«, stieß er hervor. »Ist das die Bestrafung, die ich verdiene?«

»Nicht, Berti«, sagte Käthe.

Berti lachte. Er riss Käthe an sich, er küsste sie, grob, seine Finger gruben sich in die Höhlungen unter ihren Backenknochen.

»Es wäre ja nicht das erste Mal, dass du einen Betrunkenen vögelst! Nach zwanzig Jahren, ist es das, was du willst, nach zwanzig Jahren wieder einmal vögeln?«

Jemand aus dem Kreis der Umstehenden stieß einen erstickten Schrei aus. Irenes Blick ging von Berti zu ihrer Mutter zu Berti zurück.

»Dann mach doch, was du willst«, sagte Käthe.

Sie drehte sich um, bleich, aber beherrscht, und ging, ohne auch nur irgendjemanden eines Blickes zu würdigen, davon.

Aber was für ein Drama, dachte Luise. Blutige Handgreiflichkeiten, öffentliche Demütigungen, hoheitsvoller Stolz. Sie sah sich nach Paul um, der war verschwunden, aber Harry war plötzlich aufgetaucht, schwer atmend, Lili, sagte er, Lili habe ihn gebeten, und hob einen Karton Weinflaschen hoch, »und da musst du natürlich springen!«, zischte Fanni.

Rund um Luise begannen die Leute gleichzeitig zu reden. Warum immer alles ausgesprochen werden müsse, sagte Martha, und in vulgärer Sprache! Ob man Berti nachgehen solle, fragte Hilde, Bruno riet davon ab. Oder Käthe, man könne doch Käthe nicht so weggehen lassen. Ob jemand Irene gesehen habe, wollte Simon wissen. Und was sei mit Lili? Müsse man sich um sie sorgen? Und überhaupt: Was sei hier gerade eben vorgefallen? Was bedeute das alles?

Sigi stand wie verstört.

»Das Blut«, stammelte er, dass Berti Hilfe brauche, er müsse ihn suchen, einer müsse sich doch kümmern …

Isolde glitt, wie triumphierend, vorbei.

Und plötzlich hatte Luise genug. Sie hatte genug von all dem Getratsche, den Sensationen, den Aufregungen. Sie hatte genug von Bertis zermürbenden Liebeskämpfen, von seinen Wutausbrüchen, seinen Niederlagen. Sie hatte genug von Käthes Geheimnissen und Lilis Eifersucht, von Harrys und Fannis Schwierigkeiten, ein schmerzendes Wollen stieg in ihr auf, ein zorniges Verlangen.

Als sie durch das Wäldchen zu Pauls Appartement kam, hörte sie Stimmen. Paul kam den Weg herauf, er war nicht alleine. Er hatte seinen Arm um Lili gelegt. Lili, deren Locken jetzt wieder ihren Kopf umflammten, lehnte sich an Pauls Schulter. Sie flüsterte etwas in Pauls Halsbeuge. Paul und Lili, silbern überglänzt. Pauls Gesicht in Lilis wildem, wildem Haar. Er sperrte, ohne die Umarmung zu lösen, die Tür auf. Die Tür fiel hinter den beiden ins Schloss. Der Mond glänzte, mitleidslos.

6. TAG / DONNERSTAG

MÖRDERKURS V

Ein Windmorgen, ein Kopfwehmorgen fiel über die Insel her. Luise kroch aus dem Bett, ihr Kopf dröhnte.

Aber was hatte sie sich gedacht? Sie hatte mit Paul einen Tag verbracht, auf einem Schiff unter einem weißen Segel, sie hatten einen Abend lang miteinander getanzt, sie waren unter einem Schirm am Meer gesessen, gestern waren sie sehr nah beinander gestanden, du läufst mir aber nicht weg, blödsinniges, BLÖDSINNIGES MÄDCHENLIEBENGEWÄSCH. Es war nur ihre eigene Sehnsucht, in die sie fiel, nie die eines anderen.

Beim Schnorcheln gingen die Wellen hoch, sie blieb in Ufernähe. Die Wucht der Wellen drückte Luise unter Wasser, hustend und spuckend tauchte sie wieder auf. Würde ihm recht geschehen, dachte sie, ihre bleiche Leiche, als könnte sie so Punkte machen, sie hatte aber schon verloren.

Auf dem Weg zurück stemmte sie sich gegen die heftigen Windböen. Sie fror. Ein paar Meter vor dem Stiegenaufgang standen Philipp und Berti. Berti, die Narbe im Gesicht und einen schmutzigen Verband um den Arm, schwankte wie ein Boxer, der schon ausgezählt war.

»Ich mach dich fertig«, keuchte er, als Luise sich den beiden näherte. »Warum soll ich hier das einzige Schwein sein?«

Philipp schien wenig beeindruckt. »Ich weiß nicht, wieso du immer noch glaubst, ich hätte mir etwas erschlichen«, sagte er, »es ist aber ganz gleichgültig, weil nichts davon wahr ist.«

Er wisse, was Lüge und was Wahrheit sei, schnaufte Berti.

Er könne glauben, was er wolle, sagte Philipp kühl. Aber könne er irgendwas von dem, was er glaube, beweisen?

»Das wirst du schon noch sehen«, Berti packte Philipp am

Hemd. Er werde schon sehen. Leichenfledderer, Blutsauger, Vampir.

Gleich, dachte Luise, würden sie sich an die Gurgel gehen. Sollten sie doch. Idioten. Neandertaler. Und was ging sie das alles überhaupt an?

Sie duschte heiß. Sie zog sich um. Sie kramte in ihren Notizen. Die lächerliche Figur, die sie entworfen hatte. Grässliches Mädchenliebessehnen immer. Als wäre möglich, dass einem das zuwuchs: Die Begegnung mit einem Menschen.

Sie sah aus der offenen Tür. Im Amphitheater schlug das Segel hart im Wind. Sie machte sich auf den Weg. Die Dinge zu einem Abschluss bringen. Paul noch einmal sehen. Paul und Lili sehen. Es sich überdeutlich vor Augen führen: Nicht für dich, Luise.

Nächste Woche würde sie sich ein Programm zusammenstellen, das sie ganz weit weg von diesem Ort und dieser Tageszeit führte, griechisch Kochen vielleicht, oder Keramik, beide Kurse fanden außerhalb des Akademiegeländes statt. Und wer sagte, dass sie hierbleiben musste, sie könnte sich ein Auto ausleihen und über die Insel fahren. Morgens aufbrechen, abends zurückkommen, sie würde nicht von ferne einem fremden Glück zuschauen.

»Mörderstimmung!«, raunte Fanni Luise zu, als sie sich auf ihren Sessel fallen ließ.

Luise sah sich um. Hilde und Martha flüsterten miteinander, Bruno und Helene taten so, als wären sie in ihre Texte vertieft. Berti hing in seinem Sessel, als hinge er in den Seilen des Rings und stierte mit einer bösen Konzentration Philipp an, der seinerseits hochmütig über ihn hinwegsah. Irene hielt krampfhaft Simons Hand, Käthe saß starr. Sigi flatterte herbei, flatternd hinterließ er ein Teigtäschchen und Kaffee für Berti. Berti ächzte.

»Alter«, sagte Alex zu Berti, »dein Auftritt gestern! Filmreif!«

Bertis Kopf fuhr herum, Simon trat Alex auf den Fuß, »was?«, fragte Alex.

Ein Windstoß fuhr in Papierstapel, Notizbücher, Plakate. Paul kam mit Lili den Weg entlang. Lili trug das Kleid, das sie am Abend getragen hatte. Das Licht tanzte in ihrem Haar. Ein Blickwechsel, eine Berührung, schrecklicher Stich in Luises Herz. Paul kam alleine in die Laube.

»Lili wird heute Abend bei unserer Präsentation nicht dabei sein«, sagte er. »Wie sieht es mit euch aus?«

Nach einer langen Pause, in der niemand etwas sagte, meinte er: »Wir können auch einfach unsere letzte Stunde halten, schauen, was uns noch interessiert …«

Alex sah in die Runde, klammheimliche Freude, dachte Luise, an der Verstörung.

»Schätze, es ist grad eine schwierige Stimmung«, sagte Alex. »Aber ehrlich, Leute, wir haben eine Woche lang Spaß gehabt und ich finde, wir haben tolle Arbeit geleistet. Es wäre doch schade, wenn das nur bei uns in der Gruppe bleibt.«

Martha und Hilde fingen gleichzeitig an zu reden. »Wir hätten uns schon etwas überlegt, vielleicht wollt ihr euch das ja anhören …«

Bruno und Helene hatten sich auch Gedanken gemacht und so kam der Kurs dann doch in Fahrt. Sie beschlossen, die verschiedenen Arbeitsstufen zu dokumentieren und Texte aus den Gruppen vorzulesen. Alex schlug einen Einleitungstext als Motto vor.

Hier treffen wir uns also, auf der Insel. Die Insel ist gefährlich. Eine kurze Ewigkeit lang träumst du dein Leben. Du vergisst: Du hast deinen Tod mitgenommen.

Wieder ächzte Berti.

Alex' Vorschlag wurde angenommen, Texte wurden ausgewählt, Plakate hervorgekramt, da oder dort wurde noch an

Texten gefeilt, als der Kurs zu Ende war, packte Luise ihre Sachen. Paul stand vor ihr.

»Lu-ise.«

Sie sah auf, sie verschloss ihr Herz.

»Sehen wir uns später?«

»Aber wozu?«, sagte sie. »Du hast dir doch deine Unterhaltung schon gefunden.«

Etwas war in Pauls Augen, ein Zorn vielleicht, oder eine Ungeduld, »wenn du das glauben willst«, sagte er schließlich; als sie wieder einen Gedanken fassen konnte, war er schon lange gegangen.

ÜBERALL UND NIRGENDS

Ein schneidender Wind jagte Riesenwuchtwogen ans Ufer. Das Meer lief Amok gegen das Land, es brach Stücke aus dem Sandstreifen und warf sich selbstmörderisch an die Felsen.

Wieder mal wehleidig, Luise, dachte Luise. Als ob dich das irgendwo hinbringt. Du gehst jetzt und tust, was zu tun ist. Und morgen ist immerhin schon morgen und in einer Woche bist du wieder zu Hause und kannst die Grübchen vergessen, das Wuschelhaar, deine eigene vermaledeite Unfähigkeit.

Der Abend dann zerscherbte in tausend Splitter. Farben. Musik. Menschen. Gelächter. Applaus. Berti, ein Tier im Käfig. Sigi, der um ihn herumhüpfte, und Isolde, die auf Berti einredete, mit großer Dringlichkeit, er schob sie von sich weg. Teddy stand in einem Schatten. Käthe und Irene flüsterten beim Mäuerchen, »ich will es aber wissen«, Frida, »hallohallo«, das einzige lebendige Wesen. Der Mond. Das donnernde Meer. Ein bellender Hund, vor dem Luise erschrak. Wie das Segel sich bauschte.

An Stellwänden hingen die Fotos aus Bertis Kurs, Fische am Markt, ein Hahn, der krähte, Bäume, Menschen, stückchenweise. Alex' Verbrecherkartei. Trauben von Menschen, die ihre Porträts suchten, »wie kommst du auf Steuerhinterzieher?«, sagte Bruno und Berti brüllte: »Du traust dich!« und schlug Alex auf die Schulter. Und wieso kränkte sie, was unter ihrem Porträt stand.

Paul stellte den Schreibkurs vor. Das raue Holz des Bretterbodens, Sand auf ihrer Haut, sie wusste nicht, was sie las. Die Texte schienen sich zu einer Geschichte zu verbinden, knirschende Knochen, splitterndes Glas, flackernde Höllenfeuer, das Allerfinsterste, das menschliche Herz.

Lili saß im Publikum. Lili mit den weißen Armen, Lili mit dem roten Haar. Gold auf ihrer Haut. Ihr Kleid flammte rot. Hartmuts Hand an ihrem Hals. Paul, von dem sie sich abwandte. Die Anspannung in Pauls Körper und eine Leere in seinen Augen. Harry, der neben Fanni saß, aber so, als wäre er ein Verdammter. Die Kindergruppe, die Schmuckgruppe, der Chor, endlich war die Schlussaufführung vorbei und Gruppen und Grüppchen zogen ins Ionion. Paul pflückte Texte von den Stellwänden, Simon und Sigi und noch ein paar Fotokursler hängten Fotos ab, Aufräumarbeiten.

Eine Aubergine, dunkelviolett. Die Kiefer weiß gegen die Nacht im grellen Blitzlicht. Brot und Wein. Ein scharfer Schmerz. Irgendwann gegen Mitternacht hob sich das Dunkle ein wenig. Vielleicht lösten auch das warme Essen und der harzige Wein die Starre. Luise sah sich um. Fanni saß mit Ossi und Berti am Nebentisch, Sigi schwirrte vorbei, er setzte sich neben Berti, klopfte ihm unbeholfen auf die Schulter.

»... das wird schon wieder du wirst sehen das ist doch nur ein Missverständnis ...«

»... du kannst nicht erwarten, dass eine wie Lili das cool

findet, wenn du mit deiner Ex-Freundin schmust«, sagte Ossi. »Und sie hat es nicht notwendig, sich deine Rumschlampereien anzutun.«

»Aber …«, setzte Berti an, Ossi unterbrach ihn.

»Das war kein freundschaftlicher Kuss.«

Berti sah stumpf vor sich hin. »Es hat nichts bedeutet.«

Luise zog Fanni hoch und zischte Berti im Weggehen an: »Vielleicht ist das genau dein Problem, Berti, dass dir nichts etwas bedeutet. Und jetzt hast du eben die Rechnung präsentiert bekommen. Und?«

Feucht und warm empfing sie die Nacht. Die Hügel hoben sich dunkel vom Nachthimmel ab. Der Wind, der am Strand jedes Wort verwehte und das Atmen schwer gemacht hatte, war hier nur ein Säuseln in den Bäumen. Fanni und Luise gingen die Landstraße entlang. Aus der Logos Bar dröhnte das Wummern der Bässe.

Luise steuerte auf die Bar zu. Sie setzte sich auf einen freien Barhocker, sie bestellte ein Glas Wein.

»Komm tanzen«, sagte Fanni, Luise winkte ab, später vielleicht. Sie trank, wie durstig.

Die Jungen, Simon, Irene und Alex, drängten sich durch die Menge. Am Ende der Bar stand Harry. Er beobachtete Lara und Timmi, wie sie mit anderen Kindern herumliefen. Dann ging sein Blick zur Tanzfläche, die überdacht im Freien lag. Lili tanzte, alleine. Alejandro und Hartmut standen am Rand und beobachteten sie. Philipp tauchte auf, wie immer mit seinem Notizblock, aber was wollte er beweisen? Luise bestellte noch ein Glas Wein.

Lili tanzte jetzt mit Alejandro. Sie hatte die Augen geschlossen, den Kopf zurückgeworfen. Sie legte die Arme, die weißen Arme um Alejandros Hals und küsste ihn. Sie streckte die Hand nach Hartmut aus. Die drei ineinander verschlungen. Kompatibel, dachte Luise. Ganz und gar kompatibel.

Teddy schwankte auf Lili zu.

»Chat es sich die feine Dame ieberlegt?«

Er riss Lili aus der Umarmung von Alejandro und Hartmut, schleifte sie quer über die Tanzfläche und ins Lokal hinein. Lili schlug ihm ins Gesicht, »eine Wildkatze«, schnaufte Teddy, aber da hatte sich schon Berti – und woher kam plötzlich Berti? – auf Teddy gestürzt. Menschen stoben auf, Barhocker fielen um, Gläser klirrten. Berti schlug in blinder Wut auf Teddy ein.

»Du bist raus«, lallte Teddy, »lass die andern ran.«

Mit einer obszönen Geste drehte er sich von Berti weg und torkelte auf Lili zu. Aber Berti packte ihn an der Schulter und wieder verkeilten sich die beiden ineinander. Schließlich versetzte Berti Teddy einen Kopfstoß, »komm ihr zu nahe und ich bring dich um.«

Teddy sah aus, als müsste er sich übergeben.

»Du bist tot«, sagte er.

FILMSÄTZE, dachte Luise, ein prächtiges Schauspiel, oder ein jämmerliches.

Birgit drängte sich zu Berti durch. »Merkst du nicht, wie lächerlich du dich machst? Und für wen? Führt sich auf wie eine …«

»Halt den Mund, Birgit.«

»Du hast deinen Spaß gehabt, du hast deine Eroberung gemacht, sie war nicht die Erste, sie wird nicht die Letzte gewesen sein. Hör jetzt auf mit dem Theater, du weißt, wo du hingehörst.«

»Wo soll das sein, Birgit? Bei dir?«

»Wen hast du sonst?«

»Aber«, Berti wischte sich über den Mund, seine Narbe zuckte. »Du bist ein kalter, toter Fisch und lieber bleib ich mein Leben lang allein, als dass ich noch einmal in dein Bett krieche.«

Ein hässliches Rot überzog Birgits Gesicht. Sie klappte den Mund auf und wieder zu. Kalter Fisch, dachte Luise.

Aufstöhnend lehnte sich Berti an die Bar. Sigi flatterte zu ihm, »... du blutest ja Berti das sieht schlimm aus da hat er dich ordentlich erwischt aber wie du Lili verteidigt hast große Klasse ganz große Klasse ehrlich ...«

»Lass das jetzt, Sigi.«

Berti wischte sich das Blut von der aufgeplatzten Lippe, vom Cut über dem Auge weg.

»... uh das sieht wirklich schlimm aus das kannst du nicht so lassen du musst das versorgen das tut doch sicher weh aber ganz große Klasse wirklich ...«

»Hör auf, die Mama zu spielen, klar?«

Sigi betupfte Bertis Stirn. »... das muss genäht werden soll ich nicht vielleicht wie ruft man denn hier die Ambulanz oder einen Arzt ich kann Barbara holen ...«

Berti packte Sigi unter den Achseln, hob ihn hoch und stellte ihn ein paar Meter weiter wieder ab.

»Ich hab dafür jetzt keinen Nerv, Sigi. Kümmere dich doch einmal um deine eigenen Sachen.«

»Alles klar Berti schon klar aber weißt du die Lili verzeiht dir so wie sie dich angesehen hat vorhin du solltest unbedingt ...«

»Luise«, sagte Berti, als hätte er sie erst jetzt gesehen. »Ich hab's vermasselt. Und es geschieht mir recht. Sag, dass es mir recht geschieht«, er stierte ihr ins Gesicht.

»Ja«, sagte sie. »Das wird wohl so sein.«

Wieder zersplitterte, was um sie war. Später stand Sigi neben ihr. »... wenn er nur mit mir reden würde das lässt sich doch wieder einrenken was meinst du Luise ...«

»Entschuldige, Sigi«, sagte Luise. »Können wir vielleicht morgen …«

»Klar«, sagte Sigi, »sowieso ich wollte ohnehin ins Coffee House gehen bis morgen also …«

Berti stand im Freien, geprügelter Hund, ausgezählter Boxer. Jemand stellte sich vor ihn, das war Irene, aber was wollte Irene von Berti.

Dass man zu viel wollte, dachte Luise. Immer wollte man zu viel von anderen Menschen, war das die Krux, und dass man meinte, man könnte hinüberreichen zu einem anderen?

Lili kam an die Bar. Hartmut legte den Arm um ihre Schulter, Lili schlug seinen Arm weg.

»So geht das aber nicht, Mädchen! Du kannst mich nicht im einen Moment heiß machen und im nächsten …«

»Ich kann, was ich will.«

Hartmut packte Lili grob am Arm. »Was sollte das vorhin? Machst du dich lustig über mich? Ich … ich liebe dich«, sagte er, und dann noch einmal, wie von sich selbst überrascht, »ich liebe dich.«

Lili wand sich aus Hartmuts Griff, »Hombre!«, rief Alejandro. »Vergiss die Kleine! Such dir eine andere! Welche willst du?«

Hartmut kippte den Tequila, den Alejandro vor ihn hingestellt hatte, hinunter. Luise bestellte noch ein Glas Wein.

7. TAG / FREITAG

STRAND. UND WOANDERS

Es ist vier Uhr, oder fünf, und Luise ist müde. Sie ist müde und sie ist hellwach, es ist so spät – oder so früh –, dass sie die Einzige am Meer ist, das nach dem gestrigen Windgewühle jetzt wieder ruhig und glatt daliegt. Sie streift die Kleider ab, sie läuft ins Wasser, das ist kühl und gut. Sie schwimmt ein Stück hinaus, treibt so dahin. Ockergelb leuchtet das Ufer auf, es wird ein schöner Tag werden. Sie wird ihn in ihrer Liege verschlafen, ein bisschen lesen, schwimmen, essen, lesen, schlafen. Jetzt, um fünf Uhr morgens, freut sie sich plötzlich auf diesen Tag.

Sie schwimmt zurück, sie schlüpft in ihre Kleider. Sie wird der Sonne entgegengehen, bis zu den Felsen, und wenn sie dann zurückkommt, wird es in der Bäckerei Kaffee und frisches Brot geben.

Wacker ausschreiten, denkt sie, wacker fürbassschreiten, das muss man, wenn es einen friert. Etwas glitzert im Sand. Sie bückt sich. Ein Medaillon. Strandgut. Strandgut ist ein gefährliches Wort. Sie schiebt das Medaillon in ihre Hosentasche.

Jemand ist schon vor ihr zu den Felsen gekommen. Oder vielleicht hat jemand hier übernachtet, oder möchte Abschied nehmen, für ein Jahr. Einer sitzt, mit dem Rücken an einen Felsen gelehnt, im Sand, im Wasser eigentlich, und sieht aufs Meer hinaus.

Luise wundert sich ein wenig. Mit den Kleidern im Wasser sitzen, wer tut denn so was. Und so, wie der Mensch sitzt, sieht er nur die aus dem Wasser aufragenden schroffen Felsen. Kein Meer, keine Weite. Seltsamer Platz, um Abschied zu nehmen. Der Mensch scheint zu schlafen, sein Kopf ist zur Seite gesunken. Schon will sie sich zurückziehen, da erkennt sie, wer da sitzt. Es ist Berti. Und plötzlich tut er ihr leid. Vielleicht sitzt er so schon die ganze Nacht. Vielleicht hat er auf Lili gewartet. Er hat gewartet und sie ist nicht gekommen. Und dann ist er eingeschlafen. Luise wird mit ihm in die Bäckerei gehen und sie werden sich trösten und laben mit viel süßem Zeug und starkem Kaffee.

»Berti!«, ruft sie und als er sich nicht rührt, ruft sie noch einmal. »Berti!«

Die Wellen schwappen bis zu dem Felsen, an dem er lehnt. Seltsam, dass ihn das nicht stört. Etwas ist mit seinem Kopf, der ist eigenartig verdreht, und was ist mit seinem Haar, und als sie jetzt ganz bei ihm ist und noch einmal seinen Namen flüstert, obwohl sie schon weiß, dass er sie nicht hören kann, nie wieder hören kann, weil er seinen Abschied genommen hat, für immer, und was ist mit seinem Gesicht, etwas stimmt nicht mit seinem Gesicht, sie schluchzt auf, sie beißt auf ihre Hand, um nicht zu schreien und dann läuft sie und läuft, fällt, kommt wieder hoch, fällt wieder und läuft und läuft und läuft.

Es gibt nur einen Ort, es gibt nur einen Menschen. Sie hämmert an die Tür, sie sinkt vor der Tür nieder. Die Tür geht auf und es ist Paul, und es ist niemand bei ihm. Und Luise kann erst mal gar nichts sagen, sie kann es nicht sagen, was mit Bertis Gesicht nicht stimmt, sie beißt in ihre Hand und spürt nichts, warum spürt sie nichts, weil da Bertis Gesicht ist und das Klebrige in seinem Haar und sie war so wütend auf ihn gestern Abend, und dann, heute Früh, wollte sie mit ihm in die Bäckerei gehen, aber er wird nirgendwohin gehen, niemals mehr, nirgendwohin, und erst als sie mit dem Kopf gegen die Mauer knallt, würgt es ihr Worte heraus, und irgendwie versteht Paul, dass Berti am Strand ist und dass er tot ist. Das mit dem Gesicht kann sie nicht sagen, alle Worte fallen schwarz in ihre Kehle zurück.

Paul ruft Barbara an. Barbara ruft die Polizei an. Barbara ruft Paul an, er soll zum Strand gehen und warten, bis die Polizei kommt.

Luise wird aber nicht hier alleine zurückbleiben, also geht sie mit Paul zum Strand. Von der Böschung können sie auf die Felsen hinuntersehen, und auf Berti, der am Stein lehnt, als würde er Abschied nehmen, als wartete er.

Am Wasser bellt ein Hund. Es ist der kleine strubbelige Knäuel, Babyhund, aus Nikos' Taverne. Er umkreist Berti, er schnüffelt an Bertis Bein. Luise schreit auf. Paul geht hinunter, er nimmt den Hund auf seinen Arm, jetzt sieht er, was mit Bertis Gesicht ist. Paul zieht seine Jacke aus und legt sie über Bertis Gesicht.

STRAND. WEIT WEG. NICHT ZUHAUSE

Der Kommissar war schlecht gelaunt. Nicht nur, weil er den frühen Morgen nicht mochte. Zum frühen Morgen kam ein Mord, das konnte einem schon die Stimmung verderben. Und dann auch noch Ausländer!

Der Kommissar hatte seine Einstellung zu Ausländern. Ein gewisses Interesse an den Fremden, die da kamen und gingen, war nicht zu leugnen. Touristen, die Geld brachten, schön und gut. Dass man sich vielleicht einmal in eine Ausländerin verschaute, ja, warum nicht? Und man wusste natürlich, was man der griechischen Gastfreundschaft schuldig war. Aber dass sich einer dieser Fremden mitten im schönsten Sommer ermorden ließ und das ausgerechnet in seinem Bezirk!, das strapazierte seine Bereitschaft zur Gastfreundschaft.

Ein toter Ausländer – das bedeutete Ärger, erschwerte Arbeitsbedingungen, womöglich diplomatische Verwicklungen. Und es ging hier nicht einfach nur um *einen* ermordeten Ausländer. Der Kommissar würde, das war jedenfalls anzunehmen, auf Massen von Ausländern treffen, die da alle, zusammengerottet, seltsame Dinge trieben, vom Frühling bis in den Herbst. Man kannte sie, wie sie wöchentlich in die Hauptstadt einfielen und die einheimische Bevölkerung am Markt und am Hafen fotografierten, wie sie, in die Landschaft verstreut, dieselbe aquarellierten, wie sie sich mit Schlamm beschmierten und wilde Tänze aufführten – der Kommissar hielt sie für, gelinde gesagt, seltsam – »strange«, dachte er, »strangers« – diese Fremden, und seltsam war ihm immer ein bisschen verdächtig.

Zwar war es eine schöne Herausforderung, die Gespräche auf Englisch zu führen – der Kommissar war stolz auf das Englisch, das er sich im Laufe der letzten Jahre angeeignet hatte. Aber würden denn die Ausländer – Österreicher! Deutsche! – ausreichend Englisch sprechen? Oder würde er mit einem Dolmetscher arbeiten müssen?

Jetzt stand er also vor dem Toten, der, an einen Felsen gelehnt, eine Jacke über dem Gesicht hatte. Ob denn alles noch so sei, wie sie es vorgefunden hätten, fragte der Kommissar.

Im Prinzip ja, sagte der junge Mann, der aussah, als wäre ihm ein wenig schlecht. Nur die Jacke, sagte er, die habe er auf das Gesicht des Opfers gelegt.

Der Kommissar ging nur knapp an einem Tobsuchtsanfall vorbei. Hätten sie noch nie gehört, dass an einem Tatort – »scene of crime« – nichts, absolut gar nichts zu verändern sei?

Doch, das wisse er schon, aber da waren Fliegen, »there were flies«, sagte der Mann, die Frau an seiner Seite brach in Tränen aus.

Auch das noch, dachte der Kommissar.

Der Hund, den die Frau in ihren Armen hielt, kläffte.

Wer die Leiche gefunden habe? Und wann? Wie es komme, dass die Zeugin – Luise Winter? – um diese frühe Morgenstunde schon unterwegs gewesen sei? Sie kenne also das Opfer? In welcher Beziehung sie zu ihm stehe, gestanden habe?

Die Frau, Luise Winter, übergab den Hund an den Mann neben ihr. Sie putzte sich die Nase. Er sei ein Freund gewesen, sagte sie.

Der Kommissar machte ein schnalzendes Geräusch. »A friend?« Die Zeugin weinte.

Was sie beide überhaupt hier machten?

Urlaub, Sommerakademie, Kursleiter.

Was Paul … Färber denn für einen Kurs leite?

Der Kommissar zog den Prospekt aus der Tasche, mit dem man ihn versorgt hatte. Langsam blätterte er im Katalog. Er deutete auf Pauls Foto, auf den Kurstitel. Ob das der Kurs sei? Paul Färber möge ihm das übersetzen.

»Murder for beginners and the advanced.«

Der Kommissar schnalzte wieder, rief etwas auf Griechisch – Luise meinte, ein »Heureka« zu hören – so viel Glück würde er nicht haben, dass er seinen Täter schon gefunden hatte, aber seine Laune, stellte er fest, hatte sich gebessert. Vielleicht war der Fall ja ein vielversprechender.

Er entließ Luise Winter und Paul Färber, sie mögen sich zur Verfügung halten. Er nahm die Jacke vom Gesicht des Toten. Die Zeugin weinte.

Als hätten wir Berti ermordet, dachte Luise, und es war das erste Mal, dass sie das so dachte. Bis jetzt hatte sie nur gedacht, der Berti ist tot, ist tot, der Berti ist tot. Sie haben etwas mit seinem Gesicht gemacht. Jetzt dachte sie das erste Mal: Der

Berti ist ermordet worden. Er ist ermordet worden und sie haben ihm die Augen ausgeschlagen. Und als sie das mit den Augen dachte, und als sie dann wieder die ausgeschlagenen Augen sah, oder das, was zu sehen ist, wenn einem die Augen ausgeschlagen worden sind, fing sie an zu zittern und hörte nicht mehr auf damit, auch nicht, als sie im Bett lag und Paul ihr etwas Warmes einflößte. Erst als jemand kam und ihr eine Spritze gab, rutschte sie in einen Irgendwieschlaf hinüber.

Sie hörte die Sonne singen und wie das Land stöhnte unter dem Feuerrad. Lavendel und Harz und Thymian. Zikaden gellten schrill im Föhrenwald. Draußen stand die Hitze wie eine Wand, aber herinnen war es kühl. Jemand hatte sie ins Bett gebracht, jemand hatte sie zugedeckt, jemand war an ihrem Bett gesessen, bis sie eingeschlafen war. Aber sie war nicht krank und sie war nicht zu Hause. Das war auch nicht ihr Zimmer, das war nicht ihr Bett, eine schwarze Hose hing über dem Sessel, ein weißes Hemd …

Draußen rückte ein Sessel. Im hellen Viereck der Tür stand Paul schwarz gegen das Licht.

Luise vergrub ihren Kopf im Polster. Etwas platzte in ihrem Kopf, dann senkte sich eine Taubheit, eine warme Dumpfheit über sie, eine Wärme ergoss sich in ihre Hirnschale. Sie dachte jetzt wie durch einen Nebel.

»Ich will nach Hause.«

»Ja«, sagte Paul. »Aber das geht jetzt nicht, Lu-ise. Du kannst hier bleiben, wenn du magst.«

»Nur heute«, sagte Luise, »nur jetzt.«

»Brauchst du was?«, fragte Paul.

»Ich habe Hunger. Ich mag duschen.«

»Ich bringe dir was.«

»Was zum Umziehen. Meine Zahnbürste.«

»Die Kursleiter haben später eine Besprechung. Ich weiß nicht, wie lange das dauert. Soll jemand kommen? Fanni?«

»Ich weiß nicht.« Luise wischte sich Tränen weg. »Vielleicht. Später.«

Luise versank in Schlafwirbel, Traumfetzen. Ein Hund bellte, ein Hahn krähte. Schwarz gluckernde Wasserlöcher. Eine Flamme in der Nacht. Ein goldener Strahl. Apoll, strafender Gott, mit der abgezogenen Haut. Jetzt träumst du von der Hybris, dachte Luise im Traum, die Haut zwinkerte ihr zu, Metamorphosen, kicherte sie, alles floss und dann war die Haut Berti, die Bertihaut wollte etwas sagen, aber die Bässe waren zu laut.

Luise schlug die Augen auf. Durch das Fenster sah sie die Abenddämmerung. Fanni saß neben ihr auf dem Bett und las.

»Fanni«, sagte Luise.

»Ist ja gut«, sagte Fanni, »es ist ja gut.« Sie steckte Luise fest in die Decke, »ich weiß«, sagte sie, »ich weiß.«

»Nicht weggehen«, sagte Luise und fiel in ein traumloses Dunkel.

PAULS TERRASSE

Als sie das nächste Mal aufwachte, stand die Nacht samtblau im Föhrenwald. Paul saß auf der Terrasse, sie setzte sich zu ihm. Wie es gewesen sei? Wie es den anderen gehe?

Ein Riesendurcheinander, sagte Paul, das könne sie sich ja vorstellen.

Abreisende, die vom Flughafen zurückgeholt wurden, stornierte Flüge, verschobene Flüge, gleichzeitig die Ankunft der Neuen, die verstört auf die Nachricht reagiert hätten. Barbara habe beruhigt, sie habe alles geregelt, die Unterkünfte, die Flüge; der Kommissar und seine Leute hätten sich den ganzen Tag auf dem Gelände herumgetrieben. Sie hätten zuerst die zur Abreise vorgesehenen Leute interviewt, die Spreu vom Weizen trennen, habe der Kommissar gesagt – »separating the wheat from the chaff« –, die ganz und gar unverdächtige Spreu fliege im Laufe der Nacht nach Hause zurück.

Der Kommissar sei, sagte Paul, nicht zu unterschätzen, in seinen Augen sei ein Glimmen gewesen.

Birgit, Paul seufzte, Birgit habe einen hysterischen Anfall bekommen. Sie habe sich auf Lili gestürzt, eine peinliche Szene, der Kommissar habe Birgit und Lili anschließend persönlich vernommen.

»Wie geht es Lili?«

Luise erinnerte sich zu spät an das Bild vom Vernissagenabend. Pauls Gesicht in Lilis Haar, Lili an Pauls Hals und Schulter geschmiegt.

Er habe nur kurz mit Lili geredet. Martha und Hilde würden sich um sie kümmern, sie sei jedenfalls nicht alleine.

Dass sie jetzt gehen sollte, sagte Luise.

Hinter den Bäumen rollte das Meer Uferkiesel.

Sie müsse aber nicht, sagte Paul.

Das Meer rollte Kiesel.

»Wenn es dich nicht stört?«, sagte sie schließlich.

»Nein«, sagte Paul. »Du störst mich nicht.«

Dann lagen sie im Dunkeln, Luise auf ihrer Seite, die vielleicht eigentlich Pauls Seite war, weil Bücher auf dem Nachttisch lagen, sein Arbeitsheft. Dass Berti tot war, dachte sie. Dass sie neben Paul lag. Und an den Zusammenhang zwischen diesen beiden Ereignissen.

»Paul?«

»Hm?«

»Du kannst zu ihr gehen, weißt du. Du musst nicht bei mir bleiben.«

Paul drehte sich zu ihr, sein Gesicht ein heller Fleck. »Zu wem soll ich gehen?«

»Du möchtest doch eigentlich bei Lili sein.«

Paul setzte sich auf. »Warum sollte ich das wollen?«

»Du warst mit ihr zusammen, am Mittwoch.«

Paul ließ sich in das Kissen zurückfallen.

»Ach«, sagte er. »Das.«

»Du musst hier nicht den Samariter spielen.«

In der Stille, die war, rollten die Kiesel.

»Schlaf jetzt«, sagte Paul.

Es wurde ein unruhiger Schlaf bei Luise, weil da noch jemand war, und weil sie im Schlaf hinüberrutschte oder Paul herüberrutschte, und was huschte durch ihre Träume, und dann wachte sie auf, weil die Dusche lief und es roch nach Kaffee.

2. WOCHE

1. TAG / SAMSTAG

PAULS TERRASSE

Die Dusche lief und es roch nach Kaffee und Paul kam mit nassem Haar aus dem Badezimmer. Als müsste eine Freude, die in Luise war, von innen nach außen springen. Dann der Schock und die Scham: Berti war tot. Sie flüchtete ins Badezimmer.

Frühstück in der Morgensonne, während die Föhren, der Thymian, das Meer hinter den Bäumen, die Kiesel am Strand und der lichtblaue Himmel darüber so taten, als würde nur einfach ein weiterer Tag anbrechen.

»Paul?« Sie schluckte. »Danke, dass du … wegen gestern … und dass ich hab bleiben dürfen …«

Er winkte ab.

»Wie geht es weiter? Was wird heute sein?«

Er machte eine ungeduldige Handbewegung. Die Ermittlungen waren noch nicht beendet, noch nicht, der Kommissar würde noch einmal mit ihr reden wollen.

Ein Bild von Berti stand ihr vor Augen.

Die Kurse würden weiterlaufen. Das sei manchen pietätlos erschienen, man könne aber auch nicht nichts tun. Den Schreibkurs würde es in anderer Form geben. Eine Kombination von Schreibkurs und Aquarellkurs sei angedacht. Gemeinsame Produktion eines Inselbuchs, Bilder und Naturtexte. Jedenfalls keine Fortsetzung des Krimikurses, natürlich nicht.

Kiesel, die rollten. Eidechsen. Ein Lufthauch.

»Wer ist das gewesen, Paul? Wer hat das getan?«

»Nicht, Lu-ise. Nicht jetzt.«

»Aber hast du noch nicht daran gedacht, dass es jemand von uns gewesen sein muss? Jemand, den wir kennen?«

Paul stand auf. »Ich habe genug vom Mörderspielen, ehrlich. Das ist kein Spaß mehr.«

Luise starrte ihn an. Weil es ja so lustig gewesen war, Berti zu finden. Berti mit eingeschlagenem Schädel, so ein Spaß aber auch, was hatte sie sich amüsiert!

Sie nahm ihr Frühstücksgeschirr, sie marschierte in das Zimmer zurück, sie knallte das Geschirr in die Abwasch. Eine Tasse zerbrach, sie zerschnitt sich die Hand an den Scherben. Fluchend schnappte sie sich ein Geschirrtuch, presste es auf ihre Hand, um die Blutung zu stoppen.

»So habe ich das nicht gemeint.«

Paul stand vor ihr, zu nahe, das sollte er nicht.

»Ich meine nur, wir sollten es der Polizei überlassen, den Mord aufzuklären.«

Sie warf das Geschirrtuch in ein Eck, sie schlüpfte an Paul vorbei und ging, ohne sich weiter nach ihm umzusehen, Richtung Amphitheater.

AMPHITHEATER. EIN MÄUERCHEN ZUM MEER HIN

Im Amphitheater drängten sich noch mehr Menschen als sonst am ersten Tag einer Kurswoche. Der Kommissar, im Gespräch mit einem Uniformierten, stand beim Mäuerchen, Barbara ging auf ihn zu, gleichzeitig lief jemand, Lili, quer über den Sandplatz auf Luise zu, auf Paul zu, der knapp hinter Luise zum Stehen gekommen war. Mit einem Aufschrei stürzte sie – FLOH!, dachte Luise – in Pauls Arme. Paul, der also jetzt Lili umarmte, Lili, die, in Tränen aufgelöst – »ich hab das nicht gewollt, das habe ich doch nie gewollt« –, sich an Paul klammerte, der Kommissar, der die Szene beobachtete und dann, mit hochgezogenen Augenbrauen, Luise ansah.

Luise zwängte sich zur Krimigruppe durch, die mehr oder weniger geschlossen beisammensaß. Ein Tuscheln, ein Wispern folgte ihr. Helene, Martha, Hilde umarmten sie mit Tränen in den Augen, die Männer tätschelten ihr verlegen die Schulter. Alex sah blass aus, Simon schüttelte den Kopf. »Mann, Luise!«

Käthe und Irene, ebenfalls blass und verstört, standen am Rand der Bühne, sie sahen starr geradeaus, als hielten sie sich nur mit Mühe aufrecht. Luise setzte sich neben Fanni, sie nickte Lara und Timmi zu, die zwischen ihren Eltern saßen.

Timmi strich über ein Foto. Berti, aus der Froschperspektive aufgenommen, wie er sich über den Fotografierenden beugte, noch mit Bart und mit einem breiten Lächeln.

»Ich war zwei Tage in seinem Kurs«, sagte Timmi. »Das habe ich von ihm gemacht. Er war lustig.« Er vergrub sein Gesicht in Harrys Arm.

»Wenn ihr gehen wollt …«, sagte Harry. Die Kinder schüttelten den Kopf.

Das gedämpfte Flüstern erstarb, als Barbara mit dem Kommissar die Bühne betrat. Der Kommissar sagte, was zu erwarten gewesen war, Barbara übersetzte: Man wolle den Urlaub nicht mehr als notwendig stören, aber immerhin sei dies ein Mordfall, die Polizei habe also ihre Arbeit zu tun. Der Kommissar bitte die Sommerakademiker der Vorwoche, sich verfügbar zu halten und bis auf Weiteres das Kursgelände und das Dorf nicht zu verlassen. Er lege allen nahe, sich abends und nachts nicht alleine an einsamen Plätzen aufzuhalten und im Übrigen die Augen und Ohren offen zu halten, man brauche die Hilfe aller, um den Fall rasch abschließen zu können. Sein

Blick glitt über die Anwesenden. Er blieb, wie versonnen, an der Krimigruppe hängen.

Murder case, dachte Luise. Vor zwei Tagen hatten sie sich noch damit amüsiert, Mordfälle zu konstruieren, das erschien ihr jetzt ganz und gar verwerflich.

Am Mittwoch, sagte Barbara, werde es vor der Vernissage am Bauernhof eine Gedenkfeier geben. Und bevor sie jetzt das Wochenprogramm erläutern würde – jemand in der ersten Reihe stand auf, wie eine Welle folgten alle anderen.

Es war so leise, dass man das Gläserklirren aus dem Ionion hörte und die Katzen, die bei den Duschen spielten. Lara weinte. Timmi weinte. Harry legte seinen Arm, der war zerschrammt, um die Kinder. In seinem Gesicht war eine heftige Bewegung.

Ob auch Mörder, dachte Luise, um ihre Opfer trauerten? Kein Außenstehender, dachte sie. Einer von uns.

Eine Unruhe entstand an den Außenrändern der Versammlung, die sich nach innen fortpflanzte. Teddy drängte sich durch die Menge. Teddy mit verschwollenem Gesicht, einem blauen Auge, Blutverkrustungen – die Spuren seines Zusammenstoßes mit Berti. Aber in makellosem Weiß, das Hemd bis zum Nabel aufgeknöpft, wildes Brustgekräusel.

»Er war gestern unauffindbar«, flüsterte jemand hinter Luise einem Nachbarn zu. »Noch nicht einmal seine Frau hat gewusst, wo er ist. Arme Isolde …«

Luise suchte Isolde dort, wo sie bei Versammlungen immer stand, unter dem Eukalyptusbaum, aber weder sie noch ihre Kinder waren zu sehen.

Teddy hatte sich auf die Bühne vorgekämpft. Aus blutunterlaufenen Augen starrte er ins Publikum.

»Ist das wieder eine Iebung für das blöde Bürgerpack? Es braucht niemand in meinen Kurs zu kommen, niemand. Die

Kunst ist cheilig. Wer das nicht versteht, chat in meinem Kurs nichts zu suchen ...«

Ein Polizeibeamter flüsterte dem Kommissar etwas zu. Der Kommissar runzelte die Stirn, blätterte in seinem Notizblock. Barbara sagte etwas zu Teddy.

»Der Tod ist ein Kunstwerk«, rief Teddy. »Wie chat er das zustande gebracht, der Versager?«

Mit einem Schrei stürzte sich Ossi auf Teddy und versetzte ihm einen Faustschlag mitten ins Gesicht. Das makellose Weiß des Hemdes färbte sich rot. Der Kommissar räusperte sich.

Ob er Theodor Kos sei? Er möge doch bitte mit dem Kommissar mitkommen, der habe einige Fragen an ihn im Zusammenhang mit dem Tod von Herrn Scharinger. »Because of the death of Mr. Scharinger.«

Später standen sie an der Mauer, die den steilen Abfall zum Meer begrenzte. Eine Strandlilie brach weiß durch den ausgetrockneten Boden. Am Horizont gebauschte Segel, endlose Weite.

»Mann«, sagte Simon, »das ist doch alles nicht wahr.«

Irene schluchzte auf und lief davon. Käthe folgte ihr.

»Hab ich was Falsches gesagt?« Simon sah ihnen verwirrt nach.

Dann kam einer der Polizisten, die am Kursgelände aufgetaucht waren, und fragte nach Anneliese Berger. Sie sahen einander ratlos an, Anneliese Berger?

Martha zeigte zum Strand hinunter, wo Lili und Paul standen, etwas flackerte durch Luises Gedanken, das konnte sie nicht recht fassen.

»Der Kommissar hat doch gestern schon mit ihr geredet«, rief Bruno.

»Ganz offensichtlich nicht genug«, sagte Helene.

»Das ist doch supersuperscheiße!« Alex sank auf das Mäuerchen nieder.

»Habe ich nicht gleich gesagt, dass es mir unheimlich war?« Bruno stach mit einem Finger in die Luft. »Habe ich nicht von Anfang an gesagt, dass man nicht damit spielen sollte, mit den Untiefen? War es nicht so?«

»Du willst aber nicht sagen, dass es unsere Schuld ist, dass Berti ermordet wurde?«, warf Helene ein.

»Ich weiß nicht«, Bruno kniff die Augen zusammen. »Wer weiß, was wir aufgerührt haben.«

»Blödsinn!«, rief Simon, Martha und Hilde wackelten mit den Köpfen, Alex wurde bleich und Philipp sah sie mit einem seltsamen Gesichtsausdruck der Reihe nach an.

»Ist euch überhaupt klar, Leute, was für eine Chance wir hier haben? Wir haben einen Mord. Und wir kannten das Opfer! Glaubt ihr nicht, dass wir, wenn wir uns zusammensetzen und alles sammeln, was wir wissen, wenn wir, unauffällig, versteht sich, die Leute befragen, ins Gespräch verwickeln, dass wir herausfinden könnten, wer es gewesen ist? Wir sollten das doch wenigstens versuchen! Was sagt ihr? Das sind wir Berti schuldig.«

Ein paar Sekunden herrschte absolutes Schweigen. Dann redeten alle gleichzeitig. Er könne doch hier nicht … wie er sich das vorstelle … sowieso ausgemachter Blödsinn und er wolle doch nicht im Ernst …

»Als ob du Berti etwas schuldig wärst.« Fanni schnaufte. »Bist du jetzt plötzlich sein bester Freund gewesen, oder was?«

»Ich bin Journalist«, sagte Philipp steif. »Es ist mein Job, Dingen auf den Grund zu gehen, klar?«

»Du solltest dich schämen, Philipp.« Marthas Stimme bebte vor Entrüstung. »Wie kannst du es wagen, aus Bertis Tod ein Rätselspiel zu machen. Pfui.«

Philipp machte die Augen schmal. Es gehe nicht ums Rätselspielen. Es gehe darum, einen Mord aufzuklären, und sie könnten dabei helfen, was sei daran falsch?

»Ach, hör doch auf!«, aus Marthas Blick sprach abgrundtiefe Verachtung. »Das Einzige, worum es dir geht, ist zu beweisen, wie ungeheuer klug du bist! Und vielleicht kommt dir das gerade recht? Das lässt sich doch sicher gut verkaufen, ein Autor als Zeuge eines Mordgeschehens und dann löst er den Mordfall auch gleich noch. Das ist erbärmlich, Philipp!«

Dunkle Röte schoss Philipp ins Gesicht. Vielleicht, sagte er, habe sie ja einen Grund, warum sie nicht wollte, dass die Wahrheit ans Licht kam? Vielleicht wisse sie mehr als alle anderen? Wolle sie etwa jemanden schützen? Immerhin seien die beiden Schwestern gestern den ganzen Tag mit der Hauptverdächtigen zusammen gewesen.

Martha pustete entrüstet Luft aus. »Das muss ich mir nicht bieten lassen. Hilde«, sie drehte sich zu ihrer Schwester, »wir gehen.«

»Was sollte das jetzt?«, fuhr Simon Philipp an. Nie und nimmer würden Martha und Hilde einen Mörder decken. Oder eine Mörderin.

Bruno klatschte in die Hände. »Aber fangen wir doch am besten gleich bei dir an, Philipp. Was hat Berti über dich gewusst? Dass ihr beide euch nicht leiden konntet, das war doch mehr als deutlich. Wenn du ein Motiv hast, Herr Journalist, dann finde ich es raus, verlass dich drauf.«

Frida wackelte vorbei – hallohallo – und Luise sah den Assistenten des Kommissars auf sich zukommen.

»We want to talk with you. Please to come with me.«

IN EINEM ZIMMER MIT BLICK AUF EINEN FEIGENBAUM

Der Kommissar sah von seinen Notizen hoch, als Luise eintrat. Er wies auf den Sessel vor seinem Tisch. Heute, fand er, sah sie besser aus, diese Luise Winter. Immer noch die dunklen Ringe unter den Augen, aber nicht mehr so weiß um die Lippen. Auch nicht mehr so verheult. Der Kommissar hatte sechs Schwestern, er mochte keine heulenden Frauen.

Luise Winter also. Ein bisschen blass, ein bisschen nervös. Nicht ganz nach dem Geschmack des Kommissars, der von großen Frauen träumte, von vollbusigen, die fest im Fleisch waren. Die kleinen, zierlichen – was sollte er damit?

Was fand Paul … er kramte in seinen Notizen … Paul Färber – deutsche Namen! – was fand er an Luise Winter? Denn dass er etwas an ihr fand, das schien dem Kommissar ganz offensichtlich, wenngleich da auch noch die Sache mit Anneliese Berger – Lili – war.

Paul Färber, schien es, hatte mit beiden Frauen »a very special thing«. Herauszufinden war, ob dieses »special thing«, das er mit Lili – Anneliese Berger – gehabt hatte, etwas mit dem Mord zu tun hatte. Und ob vielleicht auch Luise Winter »a special thing« mit Herbert Scharinger gehabt hatte.

Wenn er Luise Winter so ansah: »The way she set her teeth« – der Kommissar hatte vor dem Einschlafen, um sein Englisch aufzufrischen, in alten Kriminalromanen geschmökert, die las er zum Ausgleich für sein recht friedliches Leben auf der Insel, auf der es nur selten Mordfälle gab. Von Zeit zu Zeit einen Totschlag, meist im Zustand der Trunkenheit. Wenn die Totschläger wieder nüchtern waren, mochten sie nicht glauben, was sie getan hatten, ausgewachsene Männer, die weinten, weil sie den Freund erschlagen hatten.

Einmal hatte eine Frau – das war jedenfalls die feste Überzeugung des Kommissars – ihren Mann vergiften wollen. Er hatte es nicht beweisen können, der Mann hatte überlebt, es hatte keine Anzeige gegeben. Seitdem aber – und das bestätigte den Kommissar in seiner Vorsicht gegenüber der Institution Ehe –, seitdem fürchtete die Frau um ihr eigenes Leben und ging herum wie ein Gespenst. Die Geister, die wir rufen, dachte der Kommissar, zu dessen Lektüre nicht nur Klassiker der Kriminalliteratur gehörten.

Luise Winter also. »And the way she set her teeth.«

Der Kommissar war sich ziemlich sicher, dass dieser Ausdruck das meinte, was er spürte, wenn er Luise Winter ansah. Etwas Störrisches auch. Widerhaken. Vielleicht war es ja das.

Er sah auf den Feigenbaum, der vor dem Fenster stand. Der süße Duft reifender Feigen. Der ihn immer melancholisch stimmte, so klein war der Schritt von der Reife zur Vergärung.

Was wusste er bis jetzt? Luise Winter und Paul Färber, beide wohnhaft in Wien. Die Lehrerin und der Schauspieler. Paul Färber und Anneliese Berger, wohnhaft in Innsbruck, der Schauspieler und die Studentin. Anneliese Berger und Herbert Scharinger, die Studentin und der Fotograf. Birgit Gerlitz, Immobilienmaklerin aus Salzburg und Herbert Scharinger, gebürtiger Oberösterreicher, Mühlviertler, was immer das für eine Bedeutung haben mochte, wohnhaft in Salzburg, im Prospekt als *Brandlbert* angeführt.

Verzwickte Verhältnisse, dachte der Kommissar.

Er nahm einen Schluck Kaffee. Die Augen von Luise Winter füllten sich mit Tränen, als sein Assistent ihm eine Kleinigkeit aus der Bäckerei brachte.

Nun denn, sagte er, »kalá tóte.«

Er verschränkte die Hände vor dem Bauch. Es war ja diesen Ausländern, der Kommissar biss in sein Teigtäschchen, es war ihnen alles zuzutrauen. Weit weg von daheim glaubten sie wahrscheinlich, sie müssten keine Rücksicht nehmen. Sie könnten hier, enthemmt, ihren Lüsten frönen. Und wahrscheinlich lagen sie – auch das noch! – alle oben ohne am Strand, das würde sich überprüfen lassen. Einen Moment lang überließ sich der Kommissar seinen Fantasien von enthemmten Deutschen – oder Österreichern –, dann beugte er sich vor. Welches »special thing« hatten sie alle miteinander?

Der Kommissar beugte sich vor.

Ob sie ihm, sagte er, bei einer kleinen Sache helfen könne? Der Name des Opfers sei Herbert Scharinger – im Katalog würde er als *Brandlbert* geführt. »Explain this to me.«

Luise widerstand der Versuchung zu fragen, warum denn das wichtig sei. Alles ist wichtig, antwortete sie sich selbst und dachte an die Gespräche, die sie am Strand geführt hatten, Nikos und Meli, die Auslöschung der Melanzani, als blickte sie in eine lange vergangene Zeit zurück.

Der Kommissar wartete.

»Ein Künstlername«, sagte sie.

»An artist's name?«

Ein Künstlername helfe, sich von seiner Alltagsperson zu entfernen, sich neu zu definieren. Oder vielleicht wolle man auch nur seine Privatheit schützen, es sei das aber doch eine recht normale Sache, sich einen Künstlernamen zu wählen. Als Künstler jedenfalls.

Herbert Scharinger sei also Künstler gewesen?

Luise zuckte die Achseln. Fotograf. Künstler.

Mit einer exzentrischen Persönlichkeit? »Wild in emotion and acting?«

Nicht mehr und nicht weniger als andere, und worauf der Kommissar hinauswolle?

Der Kommissar malte Kringel auf seinen Block. Ob der Name »Brandlbert« eine spezielle Bedeutung habe?

Brandl sei sein Hausname gewesen. »Name of the house.« Das habe er einmal erwähnt, sie wisse nicht mehr, in welchem Zusammenhang.

»Name of the house?«

»Ein Vulgoname.«

Der Kommissar hob die Augenbrauen.

Luise seufzte. Und wieso redeten sie jetzt über Hausnamen!

Dass es üblich sei, sagte sie, jedenfalls in Oberösterreich, dass einem Hof ein Name anhänge und dass man am Land – »in the country«, sagte sie – aber woher kam dieses erbärmliche Englisch! – »countryside«, verbesserte sie sich, jedenfalls kenne man am Land die Leute oft besser unter ihrem Hausnamen als unter dem eigentlichen Familiennamen, vielleicht sei Berti, Herbert Scharinger, zu Hause ja der Brandl Bert gewesen. Der Name also ein Zeichen der Verbundenheit mit seinem Zuhause.

»Ah«, sagte der Kommissar und biss in sein Teigtäschchen.

Luise sah aus dem Fenster. Im Hof wuchs ein Feigenbaum, die Früchte färbten sich schon violett. Sie dachte an ein Stillleben, das sie im Kunsthistorischen gesehen hatte, Sommerblumen, Schmetterlinge, Früchte mit glänzender Schale, die sich dem Betrachter darboten, verlockend, und wie sich aber in der Fülle Zeichen des Verfalls zeigten: Flecken, Schimmel, ein toter Käfer, ein Wurm.

Der Ermordete, der Kommissar fuhr sich mit einer Serviette übers Gesicht, Herbert Scharinger, sei also ihr Freund gewesen. »Explain this to me.«

Nicht *ihr* Freund. *Ein* Freund. Dass sie Berti seit drei Jahren kenne, da sei sie das erste Mal auf der Sommerakademie gewesen. Dass sie einmal einen Kurs bei ihm besucht habe. Wenn man im nächsten Sommer zurückkehrte, kehrte man zu

Freunden zurück. Dass auf der Insel, in diesem Rahmen, alle Freunde seien, also ja, Berti sei ein Freund gewesen.

Und Paul Färber – er sei ebenfalls ein Freund? Sie möge ihm auch das erklären.

Kursleiter, sagte Luise, sympathischer Mensch, mit dem man gut reden konnte. »Nothing special«, nichts Besonderes sonst.

»Nothing special«, wiederholte der Kommissar. Er blätterte in seinen Notizen. Sie habe mit Paul ... Färber am Montag getanzt, »very close«, sagte er, am Dienstag habe sie mit ihm einen Ausflug gemacht und am Mittwoch wären sie gemeinsam bei der Vernissage gewesen, »very nicely together and very close«.

Bis dann – bei eben dieser Vernissage – die Sache zwischen Anneliese Berger und Herbert Scharinger passiert sei.

Lili und Berti, dachte Luise. Lili und Berti.

Offenbar habe Herr Scharinger seine – Freundin? – der Kommissar runzelte die Stirn – seine Ex-Freundin? – geküsst und Frau Berger habe ihm das übel genommen.

Luise sah das Bild vor sich. Berti in Umarmung mit Birgit. Wie die Narbe auf Bertis Wange sich blutrot zu bewegen schien. Lilis Aufschrei.

Der Kuss habe nichts bedeutet, sagte sie nach einem kleinen Zögern. Und Berti sei nicht ganz bei sich gewesen.

Hochgezogene kommissarische Augenbrauen.

Er sei verwirrt gewesen. Oder betrunken. Beides.

»Confused?« Die Augenbrauen des Kommissars wanderten noch höher.

Luise dachte an Käthe, an Irene, sie würde für sich behalten, was sie, im Graben versteckt, erfahren hatte. Niemand sonst wusste davon. Sowieso war es undenkbar, dass Käthe etwas mit Bertis Tod zu tun hatte. Wozu also schmerzhafte Geheimnisse ausplaudern, wozu noch mehr Leid und Verwirrung stiften.

Und seltsam, dieser Widerwille, der Staatsmacht die Freunde auszuliefern.

»It was a hot day.« Und Berti habe zu viel getrunken.

Was denn Paul Färber getan habe, als Anneliese Berger weggerannt sei?

»No idea«, sagte Luise, keine Ahnung. Darauf habe sie nicht geachtet. Sie habe weder Paul noch Lili an diesem Abend wiedergesehen. Es sei dann sehr chaotisch gewesen, große Aufregung, Tumult, aber das wisse er ja sicher schon.

Der Kommissar lehnte sich zurück. Jemand anderer habe auf Paul und Lili geachtet. »They were – how do you say? – embracing.«

Luise war sich nicht sicher, ob er umarmen oder küssen meinte, das würde sie aber nicht nachfragen, es ging sie auch das alles nichts an.

Ob es denkbar sei, dass Paul Färber den Abend damit begonnen hatte, sie, Luise Winter, zu umgarnen – »to charm you« –, dass Paul Färber aber, den Moment ergreifend – »seizing the moment, jumping at the chance« –, dass Paul Färber also die Seite gewechselt und Anneliese Berger verführt habe, und das habe er ja wohl, wolle man den Augenzeugen glauben.

Luise knirschte mit den Zähnen. Woher solle sie das wissen? Und was hieß hier Augenzeugen? Habe die behauptete Verführung denn gut sichtbar und unter freiem Himmel stattgefunden? Die ganze Sommerakademie schwirre vor Gerüchten, jeder könne alles behaupten, wie wolle der Kommissar denn feststellen, was an den Gerüchten dran sei?

»She was with him«, sagte der Kommissar, und dass er zu der Ansicht neige, dass es sich um keine Gerüchte, sondern um Tatsachen handle. Und Paul Färber sei doch gewiss einer, der wisse, wie man mit Frauen umgehe.

»An expert in the art of seducing, and very charming, too.«

Luise schoss einen feindseligen Blick auf den Kommissar ab.

Anneliese Berger, schloss der Kommissar seine Ausführungen, sei also die Freundin, oder jedenfalls die neue Eroberung von Herbert Scharinger gewesen. Sehr wahrscheinlich habe es Herbert Scharinger nicht gerne gesehen, dass seine neue Freundin andere Männer umarmte – oder küsste –, auch wenn er selbst sich durchaus das Recht herausnahm, andere Frauen zu küssen. Er konnte nicht gewollt haben, dass seine Freundin die Nacht mit einem anderen Mann verbrachte. Ob ihm Luise Winter so weit zustimme?

Luise knurrte Unverständliches.

Und sei es nicht vorstellbar, dass es zu einer Konfrontation zwischen den Konkurrenten gekommen sei, die für einen der beiden, für Herbert Scharinger, fatal endete? Tödliche Eifersucht unter Männern – es wäre nicht das erste Mal.

Luise schwirrte der Kopf.

»This was not so«, sagte sie und verzog das Gesicht, weil sie hörte, wie lahm das klang.

Der Kommissar zog die Augenbrauen hoch.

Was sie davon halte? Er legte ihr ein paar Zettel vor. Die seien in Herbert Scharingers Zimmer gefunden worden.

Luise betrachtete die Zettel, die in Klarsichthüllen über den Tisch geschoben wurden. *Rache!!!*, stand da in blutroten Buchstaben. *Kein Verbrechen bleibt ungesühnt! Rache für …*, eine Seitenhälfte war abgerissen, die Fortsetzung fehlte, die Zettel waren zerknüllt.

Rache sei ein Dauerthema im Kurs gewesen, sagte Luise, froh, dass sich das Gespräch von Pauls möglichen Verwicklungen in den Mordfall entfernte. Und nein, sie könne die Schrift niemandem zuordnen, sie vermute, Berti habe herumgespielt.

»Playing around«, wiederholte der Kommissar. Wäre es vorstellbar, dass dies keine Spielereien, sondern ernst zu nehmende Drohungen waren?

Aber wer sollte denn das tun?, fragte Luise. Und warum?

Der Kommissar sah sie durchdringend an. Sie bräuchten, sagte er schließlich, Luises Fingerabdrücke. Das würde dann sein Assistent machen.

Ob das alles sei?

Der Kommissar lehnte sich zurück.

»Sunday«, sagte er. Am Sonntag sei sie, Luise Winter, mit Herbert Scharinger während des Spaghettiessens am Strand gewesen. Warum?

Sie hätten geredet.

Geredet?

Ja, geredet.

»Of course«, sagte der Kommissar. »What else.« Und als sie mit Paul Färber später am selben Abend am Strand gewesen sei, hätten sie auch geredet?

Luise nickte.

Der Kommissar betrachtete sie aus zusammengekniffenen Augen. Luise sah aufsässig zurück.

»There is much talking here«, sagte er. »Many friends and much talking.«

Er klopfte mit seinem Stift einen Rhythmus auf den Tisch.

Warum aber habe es einen Mord gegeben, wenn hier nur Freunde seien und nur geredet würde, in aller Freundschaft?

Luise wartete auf das »Explain this to me«, aber es kam nicht. Und sie musste sich eingestehen, dass das eine Sache war, die sie sich selbst nicht erklären konnte, so viele Freunde, und dann ein Mord.

»Er denkt, es ist Paul. Oder es könnte Paul gewesen sein. Er hat mich nicht einmal nach den anderen gefragt, nach Hartmut oder Teddy …«

»Oder Harry?«, fragte Fanni.

Fanni hatte vor dem Sekretariat auf sie gewartet. Jetzt saßen sie auf Luises Terrasse und rührten lustlos in ihren Kaffeetassen.

»Nein«, sagte Luise, »nach Harry auch nicht.«

Ein Gecko huschte über die Terrasse, erstarrte, huschte weiter, die Wand hinauf.

»Ich frage mich«, sagte sie, »wie die Polizei überhaupt feststellen will, wer in der Nacht auf Freitag wo war. Das ist doch immer ein Riesendurcheinander am letzten Tag, alle sind betrunken, alle wandern von da nach dort, und wer weiß schon, wann er wo gewesen ist?«

»Lili kann es jedenfalls nicht gewesen sein«, sagte Fanni.

»Ach? Und wieso nicht?«

»Sigi hat Lili nach Hause gebracht.«

»Der ewige Kümmerer«, sagte Luise. Manche hätten eben Glück, sagte Fanni, und stolperten über ihr Alibi, das sie dann auch noch nach Hause brachte.

Wo Harry nach dem Drama in der Logos Bar gewesen sei, fragte Luise. Sie habe ihn den Rest des Abends nicht mehr gesehen.

Fanni stellte ihre Tasse hart auf den Tisch. Wieso Luise das jetzt frage? Was sie damit andeuten wolle? Ob sie etwa glaube … wie könne sie glauben …

Luise drückte die aufgebrachte Freundin in den Sessel zurück.

»Ich deute überhaupt nichts an, um Gottes willen! Ich frage nur so, wie ich sonst auch frage, wo warst du, wo war er, was habt ihr gemacht? Das ist alles!«

Fanni stieß einen seltsamen Ton aus, der zwischen Lachen und Weinen lag.

»Er ist mit den Kindern nach Hause gegangen.« Sie stand auf. »Und dein Paul«, sagte sie bissig, »wo war der? In der Logos Bar war er jedenfalls nicht.«

Im kleinen Pavillon nebenan übte die Kindergruppe zu Zirkusmusik. Tamtamtadarararatamtamdada und Kinderlachen und das tiefe Blau vor ihnen.

»Er ist nicht mein Paul«, sagte Luise.

Jemand lief den Weg entlang, leichtfüßig, auf knirschendem Kies. Irene blieb stehen. Ihre Augen blitzten.

»Sie haben Teddy mitgenommen«, rief sie. »Sie haben ihn aus dem Kurs geholt und in die Stadt gebracht.«

Sie lief weiter, leichtfüßig, auf knirschendem Kies, eine Siegesgöttin, Nike, Überbringerin einer frohen Botschaft.

Fanni rückte den Sessel gerade. »Sie haben alle drei geschlafen, wie ich dann heimgekommen bin. So war das bei uns an diesem Abend.«

Dass sie ihr ja gerne glauben würde, dachte Luise, als sie ihr nachsah. Dass aber der Kommissar sich nicht unbedingt damit zufrieden geben würde. Wie sie denn sicher sein könne, dass ihr Mann auch in der Zeit zwischen seiner und ihrer Ankunft die Wohnung nicht verlassen habe, würde er sagen. Dass doch das Appartement gar nicht so weit vom Tatort entfernt sei, könnte er einwenden. Dass man nur ein paar Minuten vom Appartement zu den Taucherfelsen brauche, das sei leeres, nächtliches Land, das man unbemerkt durchqueren konnte. Dass ihn keiner gesehen habe, heiße nicht, dass er nicht dort gewesen sei. Wieso der Kommissar also Harry aus dem Kreis der Verdächtigen ausschließen solle? »Explain this to me«, würde er sagen und er würde Fanni ansehen und sich die Lippen lecken und auch Fanni würde keine Antwort haben.

WASSER UND SAND UND SCHWEIGEN

Luise ließ sich mit geschlossenen Augen im Wasser treiben. Salzkristalle knisterten, unter ihren Lidern tanzten Sonnenmuster. Sie sank in die kühle rötliche Dämmerung. Vielleicht hatten sie ja Glück. Vielleicht war es bald vorbei. Sie hatten Teddy mitgenommen. Teddy, mit seiner cholerischen Art, ein Exzentriker, würde der Kommissar mittlerweile wissen, dem die Fäuste schon mehr als einmal durchgegangen waren. Und der jeden Grund hatte, auf Berti wütend zu sein. Mehr als wütend. Tödlich beleidigt, aufs Äußerste gekränkt, gedemütigt in seiner männlichen Ehre. Wegen der Sache mit Lili. Und vielleicht ja auch wegen einer Sache mit Isolde.

»Du bist tot«, hatte er zu Berti gesagt und am nächsten Morgen war Berti tot gewesen.

Vielleicht also war der Albtraum zu Ende. Kaum einer würde Teddy nachweinen, und vielleicht könnten sie alle ohne größere Verluste aus der Geschichte heraus.

Luise atmete scharf ein. Sie schlug die Augen auf, das hatte sie jetzt tatsächlich gedacht: ohne größere Verluste. Es war ja weiter nichts geschehen. Sie hatten ja nur Berti erschlagen und ihm die Augen ausgeschlagen, ihn erschlagen und sein Gesicht zermetzelt. Berti war tot, ein für alle Mal tot, und sie wollte ohne größere Verluste aus der Sache herauskommen.

Sie schwamm zum Ufer. Ihre Augen brannten. Sie stolperte zu ihrem Handtuch. Jemand war da, jemand wickelte sie in ihr Handtuch, sie ließ es zu, dass Paul sie abklopfte, sie abrieb, Wärme zurückrieb. Der Kommissar stand auf der Düne und beobachtete sie.

Too much talking, dachte Luise, too much embracing. Und warum umarmte Paul sie unter den Augen des Kommissars, verfolgte er denn einen Zweck? Sie trat einen Schritt zurück.

»Ich habe dich gesucht, Lu-ise.«

Verführer, dachte sie, ein Experte, and very charming, too, mit goldenen Funken in grünen Augen. Vielleicht, dachte sie, hätte sie genügt, an diesem einen Abend der Vernissage, bevor Lili ihren großen Auftritt gehabt hatte. Vielleicht hätte sie eine Woche genügen können, aber wie sollte sie jetzt bestehen gegen weiße Arme und rotes Haar, gegen Mädchentränen und schluchzende Unschuld.

»Ich wollte …«, setzte Paul an, aber Luise unterbrach ihn.

»Ich habe noch meine Sachen bei dir. Kann ich mir die jetzt holen?«

Der Kommissar, oben auf seiner Düne, sah ihnen zu, wie sich Luise abrupt von Paul abwandte, wie sie sich etwas überzog, wie sie, immer ein paar Schritte vor Paul, den Strand entlanglief, und wenn Paul Färber möglicherweise etwas sagte, Luise Winter reagierte nicht darauf.

IONION

In Gruppen und Grüppchen saßen die Sommerakademiker im Ionion und diskutierten die neueste Entwicklung. Teddys Verhaftung schien eine Erlaubnis zu sein, in einen Alltag zurückzufallen – essen, trinken, reden –, aber was machte alle so sicher, dass es Teddy gewesen war, der Berti umgebracht hatte? The easiest way out.

In einer Ecke saß Fanni mit ihrer Familie. Luise nickte Fanni zu, die ein wenig fremd tat. Harry machte einem Kellner ein Zeichen, Abschürfungen an seinem Unterarm. Explain this to me.

Sie setzte sich zu einer Gruppe, die verstummte, als wäre Luise unter einen Bann gefallen, Geheimnisträgerin. Und was sollte sie mit den Tränen machen, die ihr, ohne dass sie sie hätte aufhalten können, plötzlich über das Gesicht rannen. Ossi setzte sich an ihre Seite, Heidrun an die andere, die Wärme der beiden Körper, »geht schon wieder«, sagte sie, »iss was«, sagte Heidrun.

Vorsichtig nahm die Gruppe ihr Gespräch wieder auf. Teddys Verhaftung. Isolde, die mit versteinertem Gesicht die Kinder hütete. Und traute man Teddy den Mord tatsächlich zu? Isolde, sagte einer, sei in den letzten Tagen mehrmals im erregten Gespräch mit Berti gesehen worden; man hätte auf eine kleine Affäre getippt und auf Eifersucht, als die neue Flamme, Lili, aufgetaucht sei – ob es denn möglich war, dass Isolde sich mehr von Berti erwartet hätte? Dass es aber jedenfalls sehr wahrscheinlich war, dass auch Teddy von seinem Nebenbuhler wusste, so er denn ein Nebenbuhler war. Hatte also er Berti erschlagen, wegen Lili, wegen Isolde?, oder hatte Isolde, als Lili ihr den Liebhaber gestohlen hatte, selbst die Sache in die Hand genommen?

Hartmut, sagte ein anderer, sei am Vortag stundenlang verhört worden. Auch Birgits Alibi zwischen Coffee House und Logos Bar sei höchst ungesichert. Es wusste aber keiner der Anwesenden genau zu sagen, was in der Mordnacht alles passiert war, und wann, und wo, kaum dass man selber wusste, wann man wo gewesen war. Und ob nicht doch ein Außenstehender als Täter infrage kommen könnte?

»Angeblich«, sagte Heidrun mit vorsichtigem Seitenblick zu Luise, habe der Mörder Berti die Augen ausgeschlagen, warum solle denn ein Fremder das tun?

Luise erschauerte. Ossi warf Heidrun einen bösen Blick zu.

Man stolpere ständig über Polizisten, sagte Bruno, die am Strand Steine umdrehten, die Mülltonnen durchwühlten, Menschen befragten, im Minimarket, in den Bars, von den Zimmerdurchsuchungen ganz zu schweigen. Man fühle sich wie ein Verbrecher.

Das Durchsuchen der Mülltonnen, sagte Ossi, würde nicht viel bringen. Am Freitag in der Früh habe die Müllabfuhr die Tonnen geleert, überraschenderweise, nachdem sie zwei Wochen oder länger gestreikt hatte, er habe sich noch gewundert, als er die Männer so aufgeräumt bei der Arbeit gesehen habe.

Wann er denn die Müllabfuhr gesehen habe?, fragte Heidrun. Doch nicht schon um vier Uhr? Um diese Zeit, habe er doch behauptet, sei er nach Hause gekommen, es überrasche sie, dass ausgerechnet die griechische Müllabfuhr überpünktlich und noch dazu im Dunkeln gearbeitet habe.

Ossi murmelte etwas von der Unberechenbarkeit staatlicher griechischer Stellen, Luises Kaninchen wurde serviert.

Helene berichtete aus den Kursen, »große Verunsicherung«, sagte sie, alle würden zusammenrücken, mehr noch als sonst. Und als müsste man sich schuldig fühlen, weil man von Kurs zu Kurs ging und aß und trank und sogar schon wieder lachte, wenn man nicht Acht gab. Wenn man wenigstens sicher sein könnte, dass der Mörder nicht mehr frei herumlief.

Plötzlich winkte Heidrun heftig. »Käthe!«, rief sie, »Käthe!«

Bertis Tod, sagte sie in verschwörerischem Ton, habe Käthe mehr getroffen, als sie zugeben wolle. Und offenbar habe sie Berti intimer gekannt, sie verzog das Gesicht, besser jedenfalls als sie, Heidrun, gedacht hätte.

Sie möge, zischte Ossi an Luises anderer Seite, Käthe in Ruhe lassen und vielleicht wolle sie sich ja auch gar nicht zu ihnen setzen.

Luise sah von ihrem Teller auf. Wie die Welt glänzte. Wie in Säulen das Licht vom Himmel fiel. Wie Wasser und Licht und Luft verschmolzen.

»Es tut mir leid, Lu-ise«, hatte Paul gesagt, als sie endlich bei seinem Appartement angekommen waren. »Wegen heute Morgen, das tut mir leid.«

Sie hatte das weggeschnippt. Sie hatte ihre Sachen eingesammelt, die Zahnbürste, ihre Waschsachen. Was sie gestern Früh getragen hatte – das war erst gestern gewesen! –, hatte sie in einen Plastiksack gestopft, Rock und Shirt, sie würde die Sachen wegwerfen, aber jetzt musste sie sie in den Sack stopfen und jetzt war sie fertig damit und jetzt würde sie gehen ...

»Lu-ise.«

»Was?«

Er hatte ihr die Sachen aus der Hand genommen, er hatte einen Sessel neben sie gestellt, er hatte sich auf den anderen Sessel gesetzt. Sie war ganz leer gewesen.

»Du und Lili«, hatte sie gesagt. »Was ist da?«

»Da ist nichts mit Lili.«

»Das sieht aber ganz anders aus.«

»Ist es aber nicht.«

Ihr Blick war auf seine Bücher gefallen, auf den dunklen Anzug, der jetzt auf dem Bett lag, das weiße Hemd, Phöbus Apoll, BLÖDSINNIGES MÄDCHENDENKEN.

»Musst du nicht zu deinem Kurs?«

»Lu-ise.«

Aber was wollte er von ihr, sie war wortlos gegangen.

NOCH IMMER IONION

Kurse, Kinder, Strand, einer nach dem anderen waren die Sommerakademiker aufgebrochen. Nur noch Ossi und Heidrun saßen bei Luise, als Sigi sich vorbeistahl und sich an einen Tisch an der Balustrade setzte, mit dem Rücken zu ihnen. Die

Erkenntnis kam wie ein Schock. Wie hatte sie nicht an Sigi denken können. Eine Übelkeit schnitt sie. Sie hatte nicht an Sigi gedacht.

»Ach, Sigi«, sagte sie, als sie sich zu ihm setzte.

Sigi blinzelte sie durch tränenfeuchte, entzündete Augen an. Er versuchte ein Lächeln, er krächzte etwas, das verstand sie nicht, er wiederholte, was er gesagt hatte.

»Heute wollten wir in der Schildkrötenbucht fotografieren.«

Er starrte in eine Ferne, als könnte er das sehen: Berti, Sigi, die Schildkrötenbucht.

»Wegen der Abendstimmung. Vielleicht wären wir die Nacht über dort geblieben und hätten beobachtet, wie die kleinen Schildkröten ausschlüpfen, das hätte ich gerne einmal gesehen.«

Ein Hauch Farbe flog über sein Gesicht. »Der Berti hat Tiere gemocht, hast du das gewusst? Ein Tier betrügt dich nicht, hat er gesagt. Dass der Mensch …«, er stockte, er legte seine Hände, an denen er sich festgehalten hatte, auf die Tischplatte.

»Wie war es? Wie du ihn gefunden hast?«

Fliegen, dachte Luise. Schwarz gestocktes Klebriges.

Sigis Hände krochen über die Tischplatte, tapp tapp tapp. Sein Kopf zitterte auf seinem Hals.

»Ich habe gedacht, er wartet auf jemanden«, sagte sie. »Er saß da, als ob er auf etwas warten würde.«

Sie schwiegen. Vom Himmel fiel Licht.

»Ich glaube nicht«, sagte Sigi und hielt sich wieder an seinen Händen fest, »ich glaube nicht, dass ich das noch sehen will. Schildkröten. Eine Abendstimmung. Überhaupt etwas.«

Sein Gesicht war von Rotz und Tränen verschmiert, die rannen in seinen offenen Mund.

»Der Berti kann nichts mehr machen nie wieder wie kann denn das sein und wir machen einfach weiter und es kümmert niemanden …«

»Doch«, sagte Luise leise. »Es kümmert uns.«

»Aber es ist doch so als ob nichts gewesen wäre wir müssten doch ich müsste doch es kümmert uns nicht …«

Am Nebentisch servierte der Kellner einer Familie Verschiedenes.

»Gefüllte Paprika«, sagte Sigi, »er hat gerne gefüllte Paprika gegessen und jetzt wird er nie mehr …«

Luise kramte Taschentücher aus ihrem Rucksack und schob sie ihm in die Hand. Sie rief den Kellner und bestellte gefüllte Paprika und Brot und ein Bier. Sigi schniefte und schnäuzte sich, dann, als müsste er sich selbst auffangen, umschlang er mit den Armen seinen Oberkörper, so saß er, bis der Kellner das Bier, den Brotkorb, den Teller vor ihn hinstellte.

»Du isst das jetzt alles auf, Sigi. Der Berti …«, Luise schluckte. Als ob sie wüsste, was Berti gewollt hätte. Aber sie wusste, was Sigi jetzt brauchte.

»Du warst sein Freund. Du bist immer noch sein Freund. Und als sein Freund isst du jetzt diese Paprika und als sein Freund wirst du alles sehen, was er nicht mehr sehen kann, auch die Schildkrötenjungen und die Abendstimmung und die ganze verdammte schöne Insel hier und du wirst alles tun, was er nicht mehr tun kann, schwimmen und fotografieren und mit Freunden sein, das musst du tun, das verstehst du doch?«

Sigi sah sie aus seinen verschwollenen Augen an. Er löste die Arme, mit denen er sich umklammert hatte. Er nahm ein Stück Brot, er tunkte es in die Tomatensauce, er aß, er trank, Ossi kam an den Tisch.

»Du kommst jetzt mit«, sagte er und ließ seine schwere Hand auf Sigis Schulter fallen. »Volleyball spielen. Ich explodiere, wenn ich nicht in Bewegung komme. Auf etwas draufhauen, weißt du, ich muss jetzt dringend auf etwas draufhauen.«

Sigi nickte ergeben und folgte Ossi, eine Schulter hochgezogen, die Hüfte eine Spur verdreht.

SAND UND WASSER

Mädchengegirre riss Luise aus ihren Gedanken. Ein Bursch und ein Mädchen, schwarze Silhouetten gegen die tief stehende Sonne, jagten einander im Wasser, flüchteten voreinander, verfolgten und ereilten einander, fielen einander in die Arme, lösten sich voneinander, um erneut zu flüchten, zu verfolgen, zu ereilen.

Und wieder waren am Volleyballplatz die Männer. Stumm und verbissen machten sie ihre Punkte. Ihr Keuchen, das Klatschen des Schlages, unterdrückte Ausrufe oder Flüche interpunktierten das Spiel.

Das schöne Ensemble, dachte Luise, von Pauls Körper. Dunkelhelle Haut, und warum sagte er ihr nicht, was das war, mit Lili und ihm.

Der Ball traf Paul hart im Rücken, dass er aufstöhnend in die Knie ging. Hartmut grinste böse.

»Was hast du für ein Problem?«, schrie Paul. »Wenn dir was nicht passt, dann sag's. Du musst mich nicht gleich umbringen.«

Hartmut duckte sich unter dem Netz durch und kam auf Paul zu.

»Ja richtig«, sagte er. »Da bist du ja der Experte.«

Er stieß seinen Kopf in Pauls Brust, der, von dem Angriff überrascht, zurücktaumelte. Im Taumeln und Fallen schlug er mit seinem Ellbogen Sigi, der halb geduckt auf die Fortsetzung des Spiels gewartet hatte, mitten ins Gesicht. Sigi wand sich aufheulend im Sand, aus seiner Nase schoss Blut. Hartmut lachte höhnisch auf.

»Was bist du für eine Heulsuse, Sigi! Schlimmer als jedes Mädchen! Sie hätten dich Sisi nennen sollen, Sisi, Sisi, Sisi.«

Mit einem Schrei warf sich Sigi auf Hartmut, der hielt ihn sich mit einem Arm vom Leib und trieb ihn nach hinten, zum Meer hinunter.

»Was machst du jetzt?«, grinste Hartmut. »Da ist keiner mehr, der Händchen hält! Jetzt musst du selber deinen Mann stehen!«

»Dich«, japste Sigi, »dich hätte es erwischen müssen!«

»Hat es aber nicht.«

Sigi, der immer noch blutete, stolperte, fiel ins Wasser, »du bist so ein Arschloch!«, schrie Ossi. Er half dem schluchzenden Sigi hoch. Hartmut lachte noch einmal auf und verschwand Richtung Bar.

»Der Idiot«, sagte Paul, der jetzt neben Luise stand. »Was für ein Idiot!«

Er holte tief Luft, »kommst du mit schwimmen?«, und warf sich, ohne ihre Antwort abzuwarten, ins Wasser. Luise folgte ihm langsam.

Das Wasser war nicht mehr grünlichblaurosa und unter ihnen zogen schwarzgrüne Ungeheuer ihre Kreise. Luise fröstelte. Paul schwamm auf sie zu, in seinem Gesicht stand etwas, nichts Lichtes, nichts Helles. Nichts, das Luise entziffern konnte. Er zog sie an sich, da war so viel Körper und was wollte er von ihr und dann küsste er sie. Pauls Gesicht war ganz nackt. Ein großer lebendiger Schmerz, der riss auch sie auf. Schwarzgrüne Ungeheuer.

»Lass mich los«, keuchte sie.

Pauls Gesicht verschloss sich; als strömte alles Leben aus ihr.

»Nein«, sagte sie. »Nein.«

Das Ufer war ein matter Streifen in der Dämmerung. Sie stolperte aus dem Wasser, sie sah sich nicht nach Paul um. Wieso hatte sie gedacht, sie würde es wollen, dass einer sie sah.

2. TAG / SONNTAG

ÜBERALL DAZWISCHEN 1

Am nächsten Tag war ein schreckliches Drunter und Drüber, den ganzen Tag. Da war zuerst kein Klopapier da. Also ging Luise ins Sekretariat. Noch bevor sie dort war, hörte sie schon Teddy wüten. Wie denn jemand seinen Kurs habe übernehmen können. Dass er Opfer eines Komplotts sei. Dass jemand Berti ermordet habe, um ihn loszuwerden.

Da wäre es doch einfacher gewesen, hörte Luise Ossi sagen, wenn man gleich ihn umgebracht hätte.

Ob das eine Morddrohung sei?

Nein, sagte Ossi, mehr ein Wunsch. Und dass ja manchmal Wünsche in Erfüllung gingen.

Pure Aggression, dachte Luise. Von Yogameister keine Spur.

»Er ist es nicht gewesen«, sagte Ossi, der Teddy düster nachsah. »Schade eigentlich.«

»Wieso nicht?«

Er habe ein Alibi, ein wasserdichtes. Die Polizei habe ihn angehalten, als er auf dem Weg in die Stadt gewesen sei, Geschwindigkeitsüberschreitung, Trunkenheit am Steuer, sie hätten seinen Autoschlüssel kassiert und ihn auf die Polizeistation mitgenommen – das Protokoll dazu sei erst jetzt beim Kommissar gelandet. Und selbst wenn er mit einem Taxi, das erst aufzutreiben gewesen wäre, gleich zurückgefahren wäre, er hätte unmöglich zur Tatzeit vor Ort gewesen sein können. Die Frage, wo er denn am kursfreien Tag gewesen sei, habe er grinsend beantwortet: Er habe immer mehrere Töpfe auf dem Herd.

»Wahrscheinlich meint er ›Eisen im Feuer‹«, sagte Luise.

Dass so ein Arsch, sagte Ossi, so ein Glück habe.

»Warum hat Teddy das nicht gleich dem Kommissar gesagt?«

Ossi zuckte die Schulter. »Vielleicht gefällt es ihm, Märtyrer zu spielen. Oder er war zu betrunken, um sich an Einzelheiten zu erinnern. Blackout, wäre nicht das erste Mal.«

Dann stürmte Alex ins Sekretariat. Wo seine Fotos seien, fragte er. Er habe sie am Tag nach der Präsentation abnehmen wollen, sie seien nicht zu finden, es müsse doch jemand wissen, was mit den Sachen passiert sei.

Dass sie gerade ganz andere Sorgen habe, sagte Barbara sehr leise. Er könne aber den Kommissar nach dem Verbleib der Fotos fragen, der sammle mit großem Eifer alles, was sich an Produkten aus dem Schreib- und Fotokurs finden lasse.

Sie würde, dachte Luise, Fanni suchen, die ging ihr seit ihrem letzten Gespräch aus dem Weg. Beim Eukalyptusbaum torkelten ihr Kätzchen entgegen. Sie bückte sich, sie streichelte die warmen weichen Bündel, sie hörte schnelle Schritte im Theater.

»Was ist los?« Das war Irene. »Was ist so dringend, dass …«

»Es ist noch nicht vorbei«, sagte Simon. »Teddy ist zurück.«

Ein kleiner Aufschrei. »Du bleibst dabei, was du gesagt hast.«

»Ich versteh es nicht. Wieso soll ich lügen, Irene?«

»Tu's einfach.«

»Aber«, sagte Simon, die Schritte entfernten sich.

Luise richtete sich auf. Irene, die einen Grund hatte zu lügen.

IN DER STADT, AUF DEM KOMMISSARIAT

Der Kommissar las den Bericht der Spurensicherung, den Bericht der Pathologin. Der Ermordete sei, so die wesentliche Erkenntnis, nach seinem Tod bewegt worden. Er sei im Sand gelegen, bevor jemand – wahrscheinlich der Mörder – die Leiche aufgesetzt und an den Felsen gelehnt habe.

Wenn wir wissen, warum es geschehen ist, würde einer der Lieblingsdetektive des Kommissars sagen, dann wissen wir, wer es getan hat.

Wenn wir wissen, wie es geschehen ist, würde ein anderer Lieblingsdetektiv des Kommissars sagen, dann kennen wir den Täter.

Der Kommissar brummte. Viele Verdächtige, viele Motive – aber die karge Ausbeute an Spuren! Und wäre eine Frau in der Lage, alleine den Leichnam eines kräftig gebauten Mannes zu bewegen?

Der nächste Verdächtige saß vor ihm. Harald Gruber. Noch einer, der Trauben begehrte, die zu hoch hingen. Kräftig genug, dachte der Kommissar, um mit toten Männern zu hantieren.

Ein-, zweimal mit Anneliese Berger geplaudert, hatte er bei der ersten Vernehmung zu Protokoll gegeben. Seine Frau sei mit Anneliese Berger im Schreibkurs gewesen, eigentlich sei Lili *ihre* Bekanntschaft gewesen. Doch, ja, sie hätten beide den Malkurs besucht, aber da arbeite jeder für sich, ein richtiger Austausch finde in diesem Rahmen nicht statt. Man laufe einander über den Weg, das lasse sich gar nicht vermeiden und ja, er sei mit Lili, mit Anneliese Berger also, auf gutem Fuß gestanden, wie mit fast jedem hier, ob das jetzt ein Verbrechen sei.

Er wundere sich, sagte der Kommissar und klickte eine Datei in Harald Grubers Computer an, er wundere sich ob der Fülle an Fotos und Videos, die immer auch oder auch nur Anneliese Berger zeigten: beim Essen, beim Malen, beim Schwimmen, beim Sonnen, beim Einkaufen – »Explain this to me.«

»I liked her.« Das sei aber doch nicht verboten.

Ob er sie jetzt nicht mehr möge? Ob die Vergangenheitsform etwas bedeute? Habe er etwas zu verbergen, unter den Teppich zu kehren? – to sweep under the mat, to hide, to conceal, to hold back?

Harald Gruber starrte ihn verständnislos an.

Und was er von diesen Fotos halte?

Harald Grubers Augen wurden groß.

ÜBERALL DAZWISCHEN 2

Bei ihrem Liegeplatz waren zu viele Menschen, sie ging weiter. Sie müsste, dachte sie, bei Sigi vorbeischauen, sie hatte aber eine Scheu vor seinen wunden Augen. Am Ende des Strandes, dort, wo sie Berti gefunden hatte, saß jemand. Luise ging auf die Felsen zu, sie blieb stehen, Käthe schaute auf.

»Ist es hier gewesen?«

Luise nickte. Sie schaute auf die Felsen, die die Sicht aufs Meer verdeckten.

»Du solltest mit Irene reden.«

Käthe sah sie fragend an.

»Hör zu, Käthe. Ich weiß, was mit dir und Berti war und dass Irene … Ich hab das zufällig mitgehört …«

Verzweifelt stolperte sich Luise durch ihre Geschichte und fügte anschließend noch hinzu, was Irene zu Simon gesagt hatte. Käthes Gesicht wurde immer finsterer und Luise wünschte sich, sie wäre in ihrem Zimmer geblieben. Was drängte sie sich auch in anderer Leute Heimlichkeiten. War es nicht genug, dass sie Bertis Leiche gefunden hatte?

»Ich weiß nicht«, sagte sie endlich matt, »warum sie von Simon verlangt, dass er lügt oder worüber, aber du solltest mit ihr reden, irgendwas schleppt sie mit sich herum.«

»Du Schnüfflerin!«, zischte Käthe. »Schleichst den Leuten hinterher, versteckst dich und bespitzelst sie …«

»Das stimmt nicht«, protestierte Luise. »Ich bin zufällig, ich wollte doch nicht …«

»Und mischst dich in fremde Angelegenheiten ein …«

»Ich wollte doch nur …«

»Irene weiß nichts über Berti. Und du sagst kein Wort zu ihr, zu niemandem.«

Käthes Stimme war gefährlich leise. Irene und sie seien an dem Abend zusammen gewesen. Zur Tatzeit, so sage man ja wohl, zur Tatzeit seien sie schon zu Hause gewesen. Und alles andere spiele keine Rolle. Die Sache mit Berti und ihr gehe niemanden etwas an, auch Irene nicht. Ob sie sich klar ausgedrückt habe?

»Sonnenklar«, sagte Luise.

Fanni sah aus, als würde nur ein eiserner Wille sie aufrecht halten. Ein eiserner Wille und heftige Hausarbeit. Auf Knien schrubbte sie den Linoleumboden, als Luise durch die Terrassentür trat.

»Sie haben Harry geholt«, sagte sie und rieb nicht vorhandene Flecken weg. »Sie sind in der Früh gekommen und haben ihn mitgenommen. Ihn und seinen Computer und seine Fotoausrüstung. Ich weiß nicht, was sie da finden wollen. Gott sei Dank haben die Kinder noch geschlafen. Den eigenen Vater sehen, wie er … was mache ich, Luise«, Fanni heulte auf, »was mache ich, wenn er es gewesen ist?«

Aber, wandte Luise ein, Fanni habe doch gesagt, er könne es gar nicht gewesen sein.

Sie habe gelogen. Natürlich habe sie gelogen. Wie hätte sie ihr erzählen können, dass sie Harry gesehen habe, wie er, obwohl er bei den Kindern hätte sein sollen, am Strand gewesen sei.

Fanni warf den Fetzen in den Kübel mit dem Aufwaschwasser. Sie ließ sich auf einen Sessel fallen, sie wischte die Hände an ihrem Rock ab.

»Ich bin über den Landweg heimgegangen. Harry ist vom Strand heraufgekommen, da hätte er nicht sein sollen.«

Er sei in einem Zustand gewesen. Er habe sich auf die Erde geworfen und geheult. Mit den Fäusten habe er auf den Boden getrommelt und geheult. Irgendwann habe er aufgehört mit Heulen und war nach Hause gewankt. Fanni habe noch eine halbe Stunde gewartet, um ihm Zeit zu geben, sich zu waschen, ruhig zu werden. Er sei im Bett gelegen, als ob er schliefe, sie sei aber sicher, dass auch er den Rest der Nacht wach gelegen sei. Die Abschürfungen auf seinen Armen kämen, habe er ihr am nächsten Tag erklärt, vom Volleyballspielen, oder vom Tauchen, da sei er an einem Felsen angeschrammt, als ob man ihm diese Lüge nicht nachweisen könnte!

»Ich habe solche Angst«, flüsterte Fanni. »Was mache ich, Luise, wenn es Harry gewesen ist?«

»Unsinn«, sagte Luise mit fester Stimme und gegen ihre aufflackernden Zweifel. »Das kannst du nicht glauben. Du weißt, dass es nicht so gewesen ist.«

»Aber es ist doch möglich, dass etwas mit Harry durchgegangen ist.«

»Du musst mit ihm reden, Fanni. Du wirst sehen, es wird sich alles aufklären.«

»Oder es hat sich schon aufgeklärt, Luise, er müsste doch schon längst zurück sein.«

IN DER STADT, AUF DEM KOMMISSARIAT

Wie er denn als Schriftsteller, fragte der Kommissar, mit dem Verhältnis von Wirklichkeit und Fiktion umgehe? Ob zum Beispiel er, der Kommissar, eine gute Figur abgäbe?

Philipp Hoch faltete die Hände und führte sie nachdenklich an den Mund.

Es sei, sagte er, zu überlegen, welche Funktion jede Figur im Gesamtzusammenhang habe. Die Funktion eines Kommissars sei es, Fragen zu stellen, Spuren nachzugehen und letztendlich den Fall zu lösen. Es sei aber auch möglich, dass die Figur eines Kommissars in erster Linie die Unfähigkeit der staatlichen Stellen, das Verbrechen zu bekämpfen, zum Ausdruck bringen solle. Woran er in seinem speziellen Fall nie denken würde, selbstverständlich nicht. Philipp Hoch lächelte.

Ob ein Schriftsteller, fragte der Kommissar, das, was er in der Wirklichkeit finde, so übernehme, wie es sei? Oder, anders gesagt: Was würde er, um bei ihm, dem Kommissar, zu bleiben, dazugeben, was streichen, was jedenfalls beibehalten?

Es komme wohl darauf an, in welchem Umfeld die Ermittlungen stattfänden. Ausweitung des Erzählhorizonts, Lokalkolorit, sagte Philipp Hoch, das jedenfalls könne ein Kommissar beisteuern. Schriebe er etwa einen Inselkrimi, bei dem der Großteil der auftretenden Figuren Ausländer seien, so wäre der Kommissar möglicherweise der einzige relevante Grieche – er müsste also stellvertretend für alles Griechische stehen. Er würde ihm wohl ein Privatleben andichten, ein paar persönliche Eigenarten – »quirks«, half ihm der Kommissar aus, »whims« – richtig, Schrullen, liebenswerte wahrscheinlich, je nachdem, ob er eine Hauptfigur sei oder eher am Rand auftrete. So ganz ohne Marotten – »quirks« und »whims« – komme heutzutage eine Kommissarfigur kaum mehr aus. Wie denn der Kommissar sich selbst einschätze? Wie weit präge ihn sein Beruf? Welche Charakterzüge, welche Erfahrungen hätten ihn zu diesem Beruf gebracht?

Der Kommissar wiegte den Kopf. Sechs Schwestern, dachte er. Endlich selber das Sagen haben wollen. Eine Neigung, Geheimnissen auf den Grund zu gehen, die wiederum mit den Schwestern zusammenhing, ihren Heimlichtuereien, ihren Manövern, wenn es darum ging, sich ohne Wissen der Eltern mit Burschen, mit Männern zu treffen, mit ihrer beinahe unheimlichen Fähigkeit, über alles und jedes, das auf der Insel passierte, Bescheid zu wissen.

Vorbilder!, dachte er erstaunt. Und vielleicht sollte er wieder einmal die eine oder andere Schwester anrufen. Er räusperte sich.

»This is for later. When this case is finished. But for now …« Er las in seinen Papieren nach.

Es gebe, sagte er, Hinweise auf einen Streit zwischen Herrn Scharinger und Philipp Hoch, am Vortag seines Todes. Ob er ihm das erklären könne?

Da gebe es nichts zu erklären, sagte Philipp Hoch, vielleicht eine Spur zu schnell. Er habe sich nicht mit Berti gestritten. Berti sei betrunken gewesen. Lili habe ihn fallen gelassen, das habe er sich selbst zuzuschreiben gehabt, er habe sich seinem Schmerz hingegeben wie ein kranker Ochse.

»To indulge in one's pain«, nickte der Kommissar.

Berti sei ein Körpermensch gewesen. Er habe in erster Linie über den Körper reagiert, auch seelische Schmerzen habe er hinausrüpeln müssen.

»To howl one's pain«, nickte der Kommissar. Herbert Scharinger habe ihn, Philipp Hoch, auch das eine oder andere Mal wegen seiner Schriftstellerei angepöbelt. Das werde er doch nicht abstreiten wollen.

Philipp Hoch zuckte mit den Schultern. Berti sei, wie er schon ausgeführt habe, in diesen letzten Tagen sehr unberechenbar gewesen. Vielleicht habe er ihm den beruflichen Erfolg geneidet. Anders könne er sich seine Sticheleien nicht erklären.

Er sei, sagte der Kommissar, ein wenig überrascht – und gelangweilt davon! –, dass offenbar die halbe Sommerakademie, nämlich ihr männlicher Anteil, in Anneliese Berger vernarrt sei. Ihm scheine, er würde es sich aber zu einfach machen, wenn er nur dieser Spur, nur diesem Motiv, also der Eifersucht männlicher Mitbewerber um die Gunst der Frau Berger, nachginge. Zudem habe durch das Zerwürfnis der ehemals Liebenden kein Anlass mehr bestanden, Herbert Scharinger aus dem Weg zu räumen. Als Mensch und als Schriftsteller habe sich doch Philipp Hoch sicher seine Gedanken gemacht. Welche Gründe gäbe es, Herrn Scharinger zu ermorden, und das auf so grausame Weise?

Das linke Auge des Schriftstellers zuckte. Nein, sagte er. Er könne ihm leider nicht helfen. Abgesehen von der Ex-Freundin …

Die sei aus dem Schneider, sagte der Kommissar. »Off the hook, in the clear.« Sie sei, und das sei beiden wohl sehr peinlich gewesen, zur Tatzeit mit dem Schauspieler, Hartmut … Gross, in einem Gärtchen hinter der Kirche zugange gewesen. Der Pope – der Kommissar zog die Augenbrauen hoch –, ausgerechnet der Pope habe diesen Tatbestand gemeldet.

Der Kommissar machte ein Schnalzgeräusch und sah den Schriftsteller an. Dann könne er ihm nicht weiterhelfen, meinte der Schriftsteller.

Warum habe Philipp Hoch dem Kommissar verschwiegen, dass er Herrn Scharinger schon vor diesem Urlaub gekannt habe? Sie seien doch beide in – der Kommissar zog ein Blatt aus einem Stapel Papiere – in Salzburg wohnhaft, wohnhaft gewesen in Herrn Scharingers Fall. Es gebe Fotos – er legte Philipp das Blatt vor –, auf denen sie beide zu sehen seien.

Philipp Hoch zuckte die Schultern. Lose Kontakte, sagte er. Selbstverständlich sei er als Journalist und Schriftsteller am kulturellen Leben interessiert. Berti sei eine lokale Größe gewesen, man habe voneinander gewusst, ohne näher bekannt zu sein, das Treffen hier sei aber ein unvermutetes gewesen.

»Unexpected?« Ob er denn den Katalog nicht studiert habe?

Unvermutet jedenfalls für Berti. Auch habe Philipp Hoch nicht damit gerechnet, Berti im Schreibkurs anzutreffen. Definitiv jedenfalls sei er nicht nach Zakynthos gekommen, um Herbert Scharinger hier zu treffen.

Was aber sei Philipp Hochs Hauptanliegen, »his main concern, his prime purpose« für seinen Aufenthalt in der Sommerakademie gewesen?

Das Übliche. Der Schriftsteller verschränkte die Arme vor der Brust. Urlaub. Die Suche nach einem neuen Stoff.

Der Kommissar runzelte die Stirn. Den habe er ja nun wohl gefunden.

Er verbitte sich, sagte der Schriftsteller und lief rot an, diese geschmacklosen Anspielungen.

Die Salzburger Polizei, sagte der Kommissar, zeige sich sehr kooperativ. Philipp Hoch habe einen guten Leumund – »a good reputation« –, er sei nicht vorbestraft, allerdings seien, der Kommissar tippte nachdenklich auf ein anderes ihm vorliegendes Blatt, etliche Verleumdungsklagen gegen ihn angestrengt worden.

Ein Journalist, sagte Philipp Hoch, der nie anecke, habe ja wohl seinen Beruf verfehlt.

Und sein Roman – das Auge des Schriftstellers zuckte – sei ein schöner Erfolg gewesen?

Er könne nicht klagen.

Schlüsselroman – »roman à clef!«, warf der Kommissar stolz ins Gefecht – da hätten sich wohl viele Menschen wiedererkannt?

Die Aufgeregtheiten der Salzburger Gesellschaft, sagte Philipp Hoch verächtlich, da wolle jeder jeden und jedenfalls auch sich selbst wiedererkennen, die Kulturschickeria lasse sich das nicht nehmen. Er habe immer darauf verwiesen, dass sein Roman Fiktion sei, mit den Eitelkeiten der Salzburger habe er nichts zu tun haben wollen.

Der Kommissar ließ sich das Wort »Kulturschickeria« erklären und wackelte bedächtig mit dem Kopf.

Wo da aber der Zusammenhang mit dem Mord sei, fragte der Schriftsteller und rieb sich sein zuckendes Auge.

Das wisse er noch nicht, sagte der Kommissar. Das wisse er noch nicht.

ÜBERALL DAZWISCHEN 3

Im Olivenhain waren zwei, Lili und Paul. Weil sich Luise nicht schon wieder verstecken wollte, ging sie sehr laut und sehr sichtbar auf die beiden zu. Lili riss sich von Paul los und lief an Luise vorbei. War das Verzweiflung, was sie in Pauls Gesicht las, war es Begehren? Und wieso küsste er Luise am einen Tag, wenn er am nächsten Tag wieder Lili nachlief? Oder hatte sie sich das selbst zuzuschreiben – sie hatte ihre Chance gehabt.

»Ich kann es dir nicht sagen«, sagte Paul.

»Ich hab dich nicht gefragt.«

Alex stand mitten auf der Straße und telefonierte. Er machte ein paar Schritte zum Dorfende hin, er wich einem entgegenkommenden Auto aus, er blieb wieder stehen.

»Am Samstag«, sagte er, »ich komme spätestens am Samstag heim.«

Er presste das Handy ans Ohr, »sag ihr, dass ich heimkomme. Sag ihr, es ist alles gut. Und niemand hier weiß ...«

Er horchte, er warf den freien Arm in die Höhe.

»Aber das habe ich nicht so gemeint. Du glaubst doch nicht … ich muss jetzt Schluss machen«, sagte er, als er Luise sah. Er wischte sich Tränen aus dem Gesicht, ein Bub, der beim Weinen erwischt worden war.

»Meine Oma. Es geht ihr nicht gut. Ich … ich hätte daheim bleiben sollen. Ich hätte gar nicht wegfahren sollen.«

»Das tut mir leid. Kann ich irgendwas tun?«

Alex stöhnte auf und lief in schwankenden Kurven die Dorfstraße entlang Richtung Kursgelände.

IN DER STADT, AUF DEM KOMMISSARIAT

Den Dingen auf den Grund gehen, dachte der Kommissar. Hinter die Geheimnisse kommen, die er ahnte, aber nicht orten, nicht zuordnen konnte – noch nicht. So viele Unwägbarkeiten, als regte sich etwas hinter Schleiern. Aber kein einziges konkretes Indiz. Kein freundlicherweise am Tatort verlorenes und dort verbliebenes Haar, keine brauchbaren Fasern oder DNA-Spuren, jedenfalls vorläufig noch nicht. Die Kleider des Opfers – und das Geschirrtuch! – waren zur Untersuchung aufs Festland geschickt worden, vor Ablauf einer Woche würden sie keine Resultate haben. Keine Spuren im Sand – die hatten Wasser und Wind verwischt, keine mit Blut befleckten Kleidungsstücke von Verdächtigen, dafür aber Unklarheiten, was verschiedene Abläufe betraf, jede Menge Gedächtnislücken – wer hatte wann wen und wo gesehen? Wer hatte wann und wo was getan? Niemand mochte sich – die Nacht musste orgiastisch gewesen sein! – auf irgendetwas festlegen. Gedächtnislücken also, höchst unklare, höchst widersprüchliche Zeit- und Ortsangaben, als wären die Sommerakademiker zu jedem Zeitpunkt an mindestens zwei Orten gleichzeitig gewesen, oder nirgends.

Der eine oder andere Lebenslauf verband sich mit dem Opfer, und dann waren da noch Texte, die von Mördern erzählten, da war das eine oder andere Gerücht. Da waren fehlende Fotografien.

Nachdenklich blätterte er in den Papieren, die vor ihm lagen. Informationen über das Opfer, über weitere Sommerkursler, Geburtsorte, Wohnorte, Vorderweißenbach, Salzburg, Bad Leonfelden, Innsbruck, Steyr, Linz, Wien – er probierte die Namen, wie er Schokolade kostete, oder Kaffee, als läge das Geheimnis, das er aufzuspüren hatte, in den fremden, sperrigen Namen.

Eine Einbruchserie, schrieb die österreichische Kollegin, habe sie in Atem gehalten, und Brandanschläge, die gleichzeitig erfolgt waren. Zudem sei eine Sommergrippewelle ausgebrochen, und dann noch Computerprobleme, von einem Virus war die Rede – der Kommissar möge die Verzögerung verzeihen. Man bemühe sich, den Fragen, die er habe, noch weiter nachzugehen und hoffe, dass die mitgelieferten Auskünfte hilfreich seien.

Der Kommissar wiegte den Kopf. Ein Unfall vor zwanzig Jahren, ein Selbstmord, Gerichtsverfahren, Tote und Überlebende, und wo und wie hatten sich die Lebenswege des Opfers und der Verdächtigen schon gekreuzt, auch hier auf der Insel – Informationen, die den Kommissar in tiefes Nachdenken warfen.

Augen, dachte der Kommissar. Die ausgeschlagenen Augen des Ermordeten. Das zuckende Auge des Schriftstellers. Gemalte Augen, aus denen Flammen sprangen. Die Obsession der Krimigruppe mit aus ihren Höhlen herausgeschälten Menschenaugen. Zufall? Oder gab es einen Zusammenhang? Gab es jemanden, der von Anfang an gewusst und gewollt hatte, dass Herbert Scharinger mit zerschmettertem Schädel an diesem Strand enden sollte?

Er sah auf, als jemand den Raum betrat. Katharina – Käthe – Weil wurde von einem Polizisten hereingeführt. Das flammende Auge einer Tigerin, dachte er. Und dass es ihm leid täte, wenn sie die Mörderin wäre.

ÜBERALL DAZWISCHEN 4

Und wieder lief Luise Paul über den Weg. Sie stand bei der kleinen orthodoxen Kirche, als Paul, von zwei Polizisten flankiert, die Straße entlangkam. Er war sehr bleich.

»Paul?«

Er schüttelte den Kopf. Das Auto, in dem Paul in die Stadt gebracht wurde, verschwand in einer Staubwolke.

Aber was wusste sie von ihm? Schauspieler, Regisseur, ein warmer, guter Körper, dunkelhelle Haut, was hieß das, nichts. Sahen Mörder aus wie Paul? Hatten Mörder Grübchen und wuschelige Haare, zitierten Mörder Hölderlin, machten sie einem das Herz zittern, wenn sie dich ansahen – und warum nicht? War es also möglich, dass Paul ein Mörder war? Und wie sollte Luise von diesem Punkt an der staubigen Dorfstraße je an einen anderen Punkt gelangen, von diesem Punkt ihres Denkens je zu einem anderen Gedanken.

Sie stieß die Tür zum Innenraum der Kirche auf, weihrauchgeschwängerte Luft umfing sie. Schmale, lange, in Sand gesteckte Kerzen brannten leise flackernd auf Messingständern, ein rotes Licht leuchtete, vor einem goldglimmenden Hintergrund sah eine Madonna mit Kind dunkel in eine Ferne.

Glorie, dachte Luise, Glorienschein.

Ihr schmutziges Geheimnis, so hatte Alex Luises Porträt betitelt und sie mit einem Heiligenschein versehen, das hatte sie, als wäre es wichtig, gekränkt. Nimbus, dachte sie, welches besondere Ansehen hatte man, welchen Ruf, und stimmte denn, was andere in einem sahen, mit dem überein, was man war? Berti, dachte sie, der den Nimbus des Draufgängers genossen hatte, des Frauenhelden, und unter seinem Bart hatte er das Jungengesicht versteckt, eine Narbe und sein Geheimnis.

Luise zog die Kirchentür auf. Sie überquerte die Straße, sie lief über den Parkplatz, über das Kursgelände.

»Wo sind die Fotos?«, sagte sie mit ihrer eisigsten Lehrerinnenstimme, als sie Simon auf seiner Terrasse antraf. »Tu nicht so, als wüsstest du nicht, was ich meine. Ich weiß alles.«

Die Stimme wirkte. Simon stand auf, sie ging ihm in sein Zimmer nach, aus einem Koffer, den er unter das Bett geschoben hatte, holte er die Mappe, in der Alex seine »Verbrecherkartei« präsentiert hatte.

»Ich hab ihm gesagt, dass es eine saublöde Idee ist«, sagte Simon verlegen. »Texte schreiben, in denen Berti sich selbst wiedererkennen soll. Fotos machen, die Bertis Geschichte erzählen. Was bringt das?, habe ich gesagt, aber da war er schon viel zu verbohrt, und ich habe gedacht, ich mache mit, weil es besser ist, ich weiß, was er tut und was er plant, als ich weiß es nicht.«

»Wieso hat die Polizei die Fotos nicht gefunden?«

Simon zuckte die Schultern. »Alex war nach der Präsentation verschwunden, ich wollte die Mappe nicht liegen lassen, ich wollte sie aber auch nicht in die Disco mitnehmen. Also habe ich sie im Kinderpavillon unter die Bänke geschoben. Dann hat die Polizei unsere Zimmer durchsucht und natürlich nichts gefunden. Und danach dachte ich, der sicherste Ort ist hier, sie werden nicht ein zweites Mal hier suchen. Blöde Idee, ich weiß. Ich hätte sie vernichten sollen.«

»Nur ein Foto, Simon, nur eines.«

Luise blätterte sich durch die Mappe. *Fliegentöter,* stand unter Simons Porträt, *Lügner* neben Philipps Bild, *Femme fatale* bei Käthe, *Steuerhinterzieher* unter Brunos Foto.

»Er hat sich so hineingesteigert, dass er sich rächen müsste …« Simon sah Luise erschrocken an. »Er hat Berti nicht umgebracht! Er wollte nur … ich weiß nicht, was er wollte. Und die Polizei hätte das jedenfalls missverstanden.«

Das letzte Foto zeigte Berti, breit lächelnd, mit einem Mal auf der Stirn, unter seinem freundlichen, bärtigen Gesicht stand *Mörder*.

»Sich wofür rächen?«

»Er hat meine Mutter zum Krüppel gefahren.«

Luise drehte sich um. Alex stand in der Tür.

»Und dann hat er noch nicht einmal wissen wollen«, sagte er heiser, »wie sie mit ihrem Krüppelleben zurechtkommt.«

Er trat ins Zimmer, eine wilde Energie füllte den Raum um ihn.

Seine Großmutter habe ihm einmal, er sei noch ein Kind gewesen, einen Mann auf der Straße gezeigt. Ob er einen Mörder sehen wolle? Dieser Mann habe zwei Menschen getötet und er sei am Unglück seiner Mutter schuld.

Alex starrte in Bertis lächelndes Gesicht.

Die Mama, sagte er, habe immer abgestritten, dass sie unglücklich sei. Ich habe euch, sagte sie, wenn man sie fragte, ob sie ihr altes Leben nicht vermisse, einen lieben Mann und ein wunderbares Kind, Freunde; und wie dankbar sie dafür sei, dass ihr dieses neue Leben geschenkt worden sei. Aber die Großmutter habe ihm erzählt, wie es der Mutter nach dem Unfall gegangen sei, beschissen, sagte er, absolut beschissen, dass sie nicht mehr leben wollte, und er, Alex, sehe ja täglich, wie schwierig ihr Krüppelleben sei, »ihr Krüppelleben«, wiederholte er und etwas verzerrte sein Gesicht.

»Die Oma hat den Berti gehasst. Und ich hab geglaubt, mein

ganzes Leben lang hab ich geglaubt, ich könnte … ich müsste …«

Er habe Bertis Foto in diesem Katalog gesehen. Seine Großmutter habe ihm bestätigt, dass das der Mann sei, den sie als Mörder und Verbrecher bezeichnete.

»Ich hatte so eine Idee: Ihn in aller Öffentlichkeit bloßstellen. Ihn mit seiner Schuld konfrontieren. Ihm Angst machen. Seit er tot ist, verstehe ich nicht mehr, was ich wollte.«

»Und diese Zettel?«, fragte Luise. »›Rache für … Kein Verbrechen bleibt ungesühnt!‹ – Das warst du?«

Alex nickte. »So kindisch, oder? Ich hätte ihn direkt konfrontieren sollen. Aber nein: Ich habe kindische Spiele gespielt. Und jetzt glaubt die Oma …«

Sie schwiegen. Berti lächelte ihnen aufmunternd zu.

»Hast du«, Luise räusperte sich, »hast du ihn umgebracht?«

Alex' Gesicht zuckte.

»Nein«, sagte er. »Aber das wird mir keiner glauben.«

Auf dem Weg zurück ins Dorf sah sie Sigi mit Lili beim Kinderpavillon sitzen. Lili, die weinte, Sigi, der sich an seinen Händen festhielt und auf Lili einredete, Luise ging dem Schmerz und der Verzweiflung aus dem Weg, und wie feige war das.

IM DORF

Am Abend kam Paul zurück. Luise hatte auf den Stufen der kleinen Kirche gewartet, hier musste Paul vorbeikommen, wenn sie ihn zurückbrachten. Sie stand auf, als er aus dem Polizeiwagen stieg. Nebeneinander gingen sie an den neonerleuchteten Läden vorbei, die ihr leichengrünes Licht auf die Straße warfen, vorbei an den eselsohrigen Büchern, den Schwämmen und Postkarten – die blaue Grotte, Caretta caretta, das Piratenschiff – vorbei an bunten Shirts und Badetüchern, an Kisten mit Zwiebeln, Tomaten und Melonen, vorbei an den Tavernen, den Tischen im Freien, vorbei an den neugierigen Blicken.

»Ich hab keinen Hunger«, sagte er, als Luise ihn in einer Seitengasse am Dorfende in eine Taverne zog, er bestellte dann aber doch etwas, Stifado, Eintopf. Er zog eine Packung Zigaretten aus der Hemdtasche. Seine Hände zitterten.

»Als wäre es nicht schon genug gewesen, dass ich die Leiche gesehen habe, haben sie mir auch noch die Fotos gezeigt. Alles. Jedes Detail. In Großaufnahme.«

Luise erinnerte sich. Der eingeschlagene Schädel. Die blutigen Höhlen.

»›This is how your friend looks now‹, hat der Kommissar gesagt. Und sie hätten ›reason to believe‹, dass ich entweder etwas weiß oder selbst beteiligt war.«

»Aber das können sie nicht glauben!«, rief Luise entsetzt.

Paul zündete sich eine Zigarette an, er drückte sie aus, als das Essen serviert wurde.

»Er scheint allen Ernstes zu glauben, dass der Mord etwas mit dem Krimikurs zu tun hat.«

Nachdem er die Sache mit dem Geschirrtuch geklärt hatte – »Du erinnerst dich? Du hast dich geschnitten – bei der Durchsuchung der Zimmer haben sie das Geschirrtuch gefunden …« – der Kommissar wolle ihm glauben – vorläufig! –, dass das Luises Blut auf dem Geschirrtuch war. Danach hatte er ihn über jeden Text und jeden Plot ausgequetscht. Was er über die einzelnen Teilnehmer wisse, ob es Verbindungen zwischen den Texten und dem Leben der Verfasser gebe, Paul verteilte sein Stifado über den Teller.

»Vielleicht glaubt er ja, ich hätte das insgeheim angestrebt, eine praktische Übung sozusagen. Er wäre ein interessanter Teilnehmer gewesen, der Herr Kommissar.«

Dass sie Paul jetzt von Alex erzählen müsste, dachte Luise. Davon, was hinter seinem Mördermonolog steckte. Das Verbrechen, müsste sie sagen, das Alex da untersucht habe, das sei Bertis Verbrechen gewesen. Und er, Alex, habe einen sehr realen Grund gehabt, Berti tot zu wünschen.

»Niemand hat Berti als Vorbild für ein Opfer genommen«, sagte Paul.

Nein, dachte Luise. Aber als Vorbild für einen Täter.

Allerdings, Paul lächelte matt, habe der Kommissar Teddy mehrfach erkannt. »This is the painter«, habe er gesagt. Ob vielleicht Teddy das angestrebte Opfer gewesen sei? Ob man es mit einer Verwechslung zu tun habe?

Und dann habe er noch eine Idee entwickelt. Eine wesentlich einleuchtendere Idee. Er schob das Stifado von sich weg.

»Er glaubt«, sagte Luise, »dass du Berti aus Eifersucht umgebracht hast.«

Er habe kein Alibi, sagte Paul. Er sei nach der Präsentation und nach dem Essen im Ionion in seinem Zimmer gewesen, alleine.

»So you could have been at the beach«, habe der Kommissar gesagt. Er hätte am Strand sein können. Und er und Lili hätten, das sei die allgemeine Einschätzung, ein sehr intimes Verhältnis zueinander gehabt. Selbst die Frau Winter sei der Meinung, da gäbe es etwas zu befürchten …

Luise stieß einen Schrei aus. »So was hab ich nie gesagt, Paul! Ehrlich nicht!«

»Und zu guter Letzt«, Paul klopfte sich eine Zigarette aus der Schachtel, »als er gesehen hat, dass er auch da über allgemeine Verdächtigungen nicht hinauskommt, hat er mir unterstellt, dass ich etwas über den Mord weiß und jemanden decke.«

Er rieb ein Zündholz am Briefchen, er zündete sich die Zigarette an, er lehnte sich zurück.

»Er denkt, du deckst Lili?«

Paul hob die Schultern, ließ sie fallen.

»Und, tust du's?«

»Nein.«

Luise zupfte an den Fransen des Tischtuchs. Sie flocht Zöpfchen, entflocht sie wieder. Aber, hätte sie sagen mögen. Du und Lili, silberüberglänzt im Mondlicht. Du und Lili im Olivenhain. Dein Gesicht in ihrem Haar. Deine Hand auf ihrem Arm. Ihr beide, wie eingesponnen, Zauberfäden. Die Verzweiflung, das Begehren. Und warum küsst du mich, wenn du so bist mit ihr?

Paul legte ein paar Münzen auf den Tisch und stand auf. Von der Hauptstraße klang Gelächter herauf. Motorräder dröhnten durch den Ort, ihre Scheinwerfer schnitten Stücke aus der Nacht.

»Paul!« Luise war etwas eingefallen, woran sie sich seit Tagen zu erinnern suchte. »Das Medaillon!«

Paul sah sie fragend an.

»Das Medaillon. Ich habe niemandem etwas davon erzählt. Ich habe es vergessen.«

Wie sie das goldene Schmuckstück am Strand aufgelesen hatte, kurz bevor sie Berti gefunden hatte. Dass das Medaillon Lili gehörte. Sie hatte es am Abend bei der Vernissage getragen. Hartmuts Hand an Lilis Hals, Gold auf Lilis Haut.

»Das heißt …« Luise stockte.

Alle Farbe war aus Pauls Gesicht gewichen. »Das heißt«, sagte er schließlich, »dass sie wahrscheinlich irgendwann später am Strand war. Es heißt nicht, dass sie hingegangen ist und Berti erschlagen hat.«

»Sollten wir nicht damit zur Polizei gehen? Wenn Lili unschuldig ist, werden sie das klären, glaubst du nicht?«

»Nein«, sagte Paul.

»Aber …«

Das Schroffe in Pauls Stimme. »Du machst mit deinem Wissen, was du für richtig hältst. Ich …«

Schweigend legten sie den Weg zum Kursgelände zurück. Wo die Wege zu ihren Wohnungen sich kreuzten, blieben sie stehen. Luise fixierte einen Punkt über Pauls rechter Schulter.

»Na dann«, sagte sie und wandte sich zum Gehen.

Paul sagte etwas in ihren Rücken hinein, »ich muss so tun, Lu-ise«, etwas Sprödes, Brüchiges war in seiner Stimme. Er berührte sie an der Schulter, sie drehte sich zu ihm.

»Es war ein so schrecklich langer Tag«, sagte Paul, »und wir haben nur über schrecklich komplizierte Dinge geredet. Können wir nicht morgen einfach so tun, als ob es das alles nicht gäbe? Als ob wir nur auf Urlaub wären und uns grade kennenlernen würden?«

Luise blinzelte Tränen weg.

»Wir könnten uns am Strand treffen? Zufällig? Und dann im Ionion frühstücken? Willst du?«

Luise nickte.

»Schön«, sagte Paul. »Dann freue ich mich darauf, dich morgen kennenzulernen.«

… und dann beugte er sich zu Luise und küsste sie, zum Abschied, sagte er, bevor er sie morgen kennenlernen würde und Luise ließ es geschehen und es fühlte sich ganz richtig an und so schon immer. Einen Herzschlag lang war sie versucht, ihn mitzunehmen, mit ihm zu gehen, aber nein, sie würden sich ja morgen erst kennenlernen, erst der erste Schritt, Luise, dann der nächste …

… das war jetzt aber nur in Luises Kopf gewesen. Dein KITSCHBEDÜRFNIS, Luise, dachte sie, und es stimmte schon, zuerst der erste Schritt, dann der nächste.

»Bis morgen«, sagte sie also und ging nach Hause und fiel, müde und aufgewühlt, in einen Schlaf, als fiele sie in schwarzes gurgelndes Wasser.

3. TAG / MONTAG

MORGENMEER. IONION

Zufällig also trafen sie sich. Ein morgenroter Streifen färbte den Himmel, ein Fisch sprang silbern hoch, etwas riss auf, quer die Mitte durch. Sie gingen nebeneinander den Strand entlang, im Sand, im Wasser, ein wenig fremd, man kannte sich noch nicht. Andere Strandgänger, Strandläufer kamen ihnen entgegen. Ein Fischer holte Angelruten ein. Am Horizont erschien das erste weiße Segel.

Im Ionion dann saßen sie unter die Kiefer. Vor ihnen das Meer, Inseln im Dunst, Ziegeldächer. Von der Kiefer rieselte es nadelig. Paul saß ums Eck, er pflückte ihr eine Nadel aus den Haaren, das Licht, das auf ihn fiel.

Etwas tief innen schmerzte. Sie streckte die Hand aus, sie berührte sein Gesicht, Pauls Lippen streiften Luises Lippen, sie lächelte, und dann läutete sein Handy.

Sie fuhren auseinander, als wären sie ertappt worden.

»Tut mir leid«, sagte Paul, »ich hab vergessen, es abzuschalten.«

Er warf einen Blick auf das Display. Etwas passierte mit seinem Gesicht. Er nahm den Anruf an.

»Olga.«

Seine Stimme klang, als wäre sie verloren gegangen und er müsste sie jetzt neu erfinden.

»Ich bin in … Was ist los?« Er stand auf. »Ist etwas mit dem Baby?«

Er ging auf den sandigen Vorplatz hinaus. Dort sah ihn Luise hin- und hergehen, er raufte sich das Haar, er setzte sich auf das Mäuerchen, er stand wieder auf. Er kam zurück. Er setzte sich. Er rückte den Brotkorb, den Salzstreuer, das Wasserglas zurecht.

»Das war meine Freundin«, sagte er. »Also eigentlich meine Ex-Freundin. Wir haben uns getrennt … das heißt, sie hat sich getrennt …«

Ja klar, dachte Luise. Das musste ja so sein.

»Sie ist schwanger.«

»Und sie will zu dir zurück …«

»Ja … nein … Lu-ise … ich muss …«

»Okay. Schon klar. Ich … ich bin dann weg …«

Ein weißes Segel am Horizont.

IN DER WELT

Die Welt war wie in Licht gebadet. Steine am Wasser, Spuren im Sand, zerzauste Büsche. Auf den Wellen Sonnenmosaik und blaue Schatten über den Hügeln. Im silbergrünen Hain flinke, staubgraue Eidechsen, Boten aus einer andern Welt, die war zitternd, flirrend, zum Greifen nah. So durchsichtig waren die Dinge. So gefüllt mit Licht. Und die Menschen. Sigi im Wasser stehend, die Schulter hochgezogen, ein wenig schief, ein wenig verdreht. Gefüllt mit Licht.

Käthe war ein Gefäß, in dem ein zorniges rotes Feuer flackerte.

»Warum hast du dem Kommissar erzählt, dass Irene Bertis Tochter ist?«

»Ich habe nichts gesagt«, verteidigte sich Luise.

»Woher weiß er es dann? Jetzt weiß es auch Irene, das wollte ich nicht. Und natürlich denkt der Kommissar jetzt, ich hätte ein Motiv. Warum sollte ich das tun, habe ich ihn gefragt? ›You tell me‹, hat er gesagt.«

»Ehrlich, von mir weiß er nichts!«
»Aber du lügst doch! Warum lügst du?«

Von rechts nach links, von links nach rechts wanderten die Sommerakademiker. Sie hätte gerne diesen Ausweg genommen, Kurse besuchen, töpfern, singen, schnorcheln. Die Nähe von Menschen rieb sie aber auf, als schabte ihr jemand die Haut ab.

Später setzte sich Fanni zu Luise. Harry, sagte sie und starrte auf den Horizont, hinter dem die Sonne versank, Harry rede jetzt wenigstens wieder mit ihr. Er scheine erleichtert zu sein, dass er dem Kommissar die Wahrheit gesagt habe, und ihr: dass er in der Mordnacht am Strand gewesen sei, ohne Absicht, weil es ihn drinnen nicht gehalten habe. Er habe Berti bei den Felsen stehen gesehen, er sei ihm aber aus dem Weg gegangen, was sollte er ihm auch erzählen, liebesleidmäßig. Später sei er Lili begegnet, sie sei aufgewühlt gewesen, sie habe geweint, er habe sie dann wohl bedrängt, von seiner Liebe gefaselt, Lili habe das nicht hören wollen, auf dem Weg nach Hause habe ihn das Liebesleid überwältigt, so etwa habe er ihr das erzählt, gestanden vielmehr.

Das Medaillon, dachte Luise. Vielleicht erklärte das ja, wie Lilis Medaillon an den Strand gekommen war.

Tränen und Beschwörungen, flehentliche Appelle. Er schwöre ihr, habe er gesagt, er schwöre ihr, dass er Berti nicht ermordet habe. Aber das musst du mir glauben, habe er verzweifelt ausgerufen; das viele Schwören, sagte Fanni, und ob das denn nun glaubwürdig sei.

Dass er sich nicht mehr wiedererkannt habe in der vergangenen Woche, dass er nicht wisse, was ihm da zugestoßen sei, und dass er sich wie ein Hornochse benommen habe. Er schwöre ihr, Fanni verzog das Gesicht – wieder das Schwören! –, er schwöre ihr also, es sei vorbei, seine Obsession mit Lili, das sei endgültig vorbei, er sei zur Vernunft gekommen, und ob sie ihm denn verzeihen könne, Fanni verdrehte die Augen. Als ob das jetzt so einfach ginge, in einen Alltag zurückkehren, der vielleicht nur mehr ein vernünftiger war.

»Geht's dir gut?«, fragte sie nach einer Weile, in der Luise nichts gesagt hatte.

»Aber ja«, sagte Luise und dann kam Harry mit den Kindern und Fanni stand auf und ging zu ihrer Familie.

Die Welt flammte noch einmal auf in einem Rot, und als klagten Flöten in dunkler Grotte.

4. TAG / DIENSTAG

AUF STRASSEN UND WEGEN, IN DÖRFERN UND HAINEN

Am nächsten Morgen riss ein Klopfen sie aus dem Schlaf. Paul stand vor der Tür. Er lehnte sich an den Türrahmen.

»Magst du mit mir den Tag verbringen, Lu-ise? Sag ja. Willst du? Ich habe ein Auto gemietet. Wir können über die Insel fahren, wenn du magst.«

Und warum nicht.

Sie trafen sich beim Supermarkt, er saß auf den Stufen und die Luft war blau. Sie fuhren so, schweigend. In Kurven ging es den Berg hinauf, weit unten glitzerte das Meer, manchmal warf ihr Paul einen Blick von der Seite zu. Roter und weißer Oleander am Straßenrand, Eukalyptusschatten. Hinter Argassi bogen sie von der Straße ab.

»Ich habe mir gedacht, wir fahren ins Landesinnere, in die Berge, einfach ein wenig weg von ...« Er machte eine Handbewegung, die alles umfasste, was hinter ihnen lag. Vasilikos, die Sommerakademie, die ganze verdammte Mördergeschichte.

Sie fuhren durch kleine Dörfer, dort saßen die alten Männer an der Straße oder in den Kafeneions, die alten Frauen trugen Schwarz und saßen im Schatten, in der Sonne, auf einer Mauer und strickten oder auch nicht. Sie scheuchten Hühner von der Straße, sie machten bei jeder Kirche Halt, das dunkle Gold der Ikonen. Sie spazierten über einen Dorffriedhof und beugten sich in einem Museum über alte Fotos, Schulbücher, ein Brautbett, eine Wiege. Sie rumpelten über holprige Wege, verirrten sich in den Wäldern, immer höher hinauf fuhren sie und über ihnen kreisten Adler – oder jedenfalls, was Luise für Adler hielt.

Irgendwann inmitten von Olivenhainen hatten sie Hunger.

Am Rain wuchs es in Blau und Weiß und Violett, da waren Ziegen, klingende Glöckchen. Sie breiteten eine Decke aus. Und dann die guten Dinge. Gebratene Melanzani, getrocknete Tomaten, schwarze und grüne Oliven, krümeliger Schafskäse, Kichererbsenmus und gefüllte Weinblätter, roter Paprika und eingelegte Zucchini. Das frische, krachende Brot, die Melone. Und ein goldgelber Retsina, der ihr zu Kopf stieg.

Gräser standen am Rain, Blätter glänzten silbern, ein Zittern war in der Luft, in der Welt. Ein Atemanhalten. Ein Atemholen. Jetzt.

Luise sprang auf. Sie hatte einen Feigenbaum entdeckt. Als sie mit den warmen, süßen Früchten zurückkam, war Paul eingeschlafen. Luise setzte sich neben ihn. Phöbus Apoll schlief und die Nymphe wachte. Aber das war in einer anderen Zeit gewesen und das war nicht für sie. Sie versank, ein letztes Mal, in Anschauung. Die Linien seines Gesichts. Die feine Narbe, die steile Falte, die Ader, die pochte. In der Halsgrube flatterte sein Atem. Sonnenflecken, Schattenflecken tanzten im Hain.

Dass er aufgewacht war, merkte sie, als seine Hand über ihren Unterarm strich. Er zog die Hand zurück. Er setzte sich auf.

»Wir wollten heiraten, Olga und ich. Im April wollten wir heiraten. Sie ist schwanger geworden, von einem anderen. Acht Wochen vor der Hochzeit ist sie ausgezogen, seitdem habe ich sie nicht mehr gesehen, nicht mehr mit ihr geredet.«

Luise schälte einem Zweig die Rinde ab, sie zerfaserte ihn, sie machte Häufchen aus den Fasern und Rindenteilen.

»Und jetzt«, fuhr Paul fort, »ruft sie mich an und sagt, sie will zu mir zurück. Ob ich mir vorstellen kann, wieder mit ihr zusammen zu sein.«

»Und, kannst du?«

»Wir waren fünf Jahre zusammen. Wir haben miteinander

gearbeitet. Wir wollten heiraten. Wir wollten ein Kind zusammen haben.«

»Das kannst du immer noch.«

»Ja«, sagte Paul. »Das kann ich immer noch.«

Luise sortierte Häufchen.

»Es tut mir leid, Lu-ise, dass das jetzt passiert ist.«

»Ja. Schon klar.«

Und dann schwiegen sie noch eine Weile und dann packten sie die Sachen wieder ein und fuhren zurück. Es war ein langer Weg nach Hause und weil es nichts mehr zu sagen gab, ließen sie es sein.

»Ich bring dich noch …«, sagte Paul und begleitete Luise zu ihrer Terrasse. Sie begegneten niemandem auf ihrem Weg und dann standen sie im Dämmerblau und Luise wollte, dass Paul endlich ging, weil sie es nicht mehr ertragen konnte, seine warme gute Gegenwart. Ganz nah waren jetzt seine Augen und verwirrend nah sein Mund. Paul schmeckte ein wenig salzig, aber das war, weil Luise weinte. Und dann ging er und Luise wusste nicht, ob das jetzt ein Abschied gewesen war, für immer.

5. TAG / MITTWOCH

AUF DER STRASSE IN DIE STADT

Am nächsten Tag um neun war sie schon wieder mit Paul unterwegs. Sie fuhren in die Hauptstadt. Lili hatte den Mord an Berti gestanden, das hatte Luise in der Bäckerei von Heidrun erfahren.

»Angeblich«, hatte Heidrun gesagt, »ist sie mit einem blutigen Kleid zum Assistenten des Kommissars gegangen. ›Ich bin's gewesen‹, hat sie gesagt. ›Ich war's.‹«

Luise hatte Schritte gehört, Pauls Stimme. »Du hast das gehört mit Lili? Ich muss zu ihr. Kommst du mit?«

»Aber …«

»Ich fahre in die Stadt. Kommst du mit, Lu-ise?«

Paul fuhr zu schnell, er klopfte einen nervösen Rhythmus auf dem Lenkrad, von Zeit zu Zeit knurrte er Unverständliches. Als sie an der Küste angelangt waren, sagte Luise: »Bleib mal stehen, Paul.«

Er fuhr weiter, Luise sagte heftig: »Das hat doch keinen Sinn so. Bleib stehen!«

Paul bog scharf nach rechts auf einen Parkplatz ab, mit einem Ruck blieb er stehen. Luise atmete tief durch.

»Erklär mir wenigstens, was du tun willst! Lilis Hand halten? Besorg ihr einen Anwalt, das hilft ihr wahrscheinlich am meisten. Und kannst du mir vielleicht jetzt endlich erklären, wieso du dich dermaßen für sie ins Zeug legst? Du kennst sie seit einer Woche. Oder seit zehn Tagen. Welches Einverständnis habt ihr, Paul?«

Paul klopfte seinen Rhythmus, er starrte über das Lenkrad auf die Oleanderbüsche, die sich im Wind bogen.

»Paul?«

Luise stieß heftig den Atem aus. Sie stieg aus dem Auto aus, sie knallte die Tür zu. Sie lief ein paar Schritte, kickte ein paar Steine, sie ging zum Auto zurück.

»Fahr alleine«, sagte sie. »Ich nehme mir ein Taxi zurück.«

Der Strand war ein schmaler Sandstreifen, sie setzte sich auf einen umgestürzten, von Wind und Wetter gebleichten Baumstamm. Sie wartete auf das Aufheulen des Motors, Paul setzte sich neben sie.

»Ich muss ihr doch helfen«, sagte er. »Was immer sie getan hat – ich muss …«

»Warum? Warum du?«

Paul warf die Arme in die Höhe. Blicklos sah er auf die gischtenden Wellen.

»Ich muss das tun. Ich hab's versprochen. Du kannst mitkommen oder du kannst zurückfahren, wie du willst.«

Kurz vor der Stadt blieb Paul am Straßenrand stehen. Er stieg aus, er zündete sich eine Zigarette an, »ich hab eigentlich aufgehört zu rauchen«, sagte er, Luise wartete. Grillen zirpten, von Zeit zu Zeit brauste ein Auto, ein Motorrad vorbei, etwas roch süß.

»Sie ist zu mir gekommen«, sagte Paul schließlich.

Er machte eine Bewegung, als wollte er etwas fangen, haschen, berühren, sein Gesicht wurde weich. Er ließ die Hand fallen, dann schien er ein anderer zu sein, kalt und klar.

Am ersten Kurstag sei Lili zu ihm gekommen. Sie wolle unbedingt am Kurs teilnehmen, hatte sie gesagt. Um alte Ängste zu bewältigen, auch deswegen wolle sie schreiben. Sie wisse aber nicht, ob das nicht etwas in ihr aufrühre, das sie nicht würde ertragen können.

Welche Ängste, habe er gefragt, sie sei der Frage aber ausgewichen.

Träume, habe sie gesagt. Träume, die in ihr früheres Leben gehörten. Und dass sie das Gefühl habe, jemand sei ihr auf der Spur, hier auf der Insel. Ob er das kenne, wenn man Traum und Wirklichkeit nicht mehr unterscheiden könne?

Warum sie ihm das erzähle, habe er gefragt.

»Damit du auf mich aufpasst.« – Wie hätte er das abschlagen können?

Die Frage, ob sie in therapeutischer Behandlung sei, habe sie wild abgelehnt, sie sei nicht krank, und schon gar nicht verrückt, sie brauche kein Psychozeug. Sie habe sich aber jemandem anvertrauen wollen. Ob sie ihm vertrauen könne?

Ja, habe er gesagt. Aber ja.

»Und sie hat dir nicht gesagt, wovor sie Angst hat? Oder was sie überfordern könnte?«

Paul schüttelte den Kopf. Nein, nicht zu diesem Zeitpunkt. Ihre Texte seien kryptisch gewesen, schwer zu entschlüsseln, und von einer poetischen Schönheit. An ihrem Verhalten sei nichts gewesen, das ihm Sorgen gemacht hätte.

»Am Vernissagenabend hat sie mir dann ihre Geschichte erzählt. Du erinnerst dich«, er raschelte eine weitere Zigarette aus der Packung. »Alle haben gemeint, sie hätte es Berti übel genommen, dass er Birgit geküsst hat, alle haben daraus eine Eifersuchtssache gemacht.« – Es sei aber ganz anders gewesen.

Lili, sagte Paul, sei bei ihren Großeltern in Tirol aufgewachsen. Ihre Eltern seien bei einem Unfall ums Leben gekommen, da sei sie drei oder vier Jahre alt gewesen. Lili habe den Unfall überlebt, körperlich unversehrt. Aber jahrelang habe sie von diesem Unfall geträumt und von dem Mann, der das andere Auto gefahren habe.

»Berti«, sagte Luise.

Paul sah sie überrascht an. »Du weißt das?«

»Nein«, sagte Luise. »Eigentlich nicht. Oder ja, jetzt. Ich weiß von Bertis Unfall. Ich wusste nicht …«

Berti, der sich den Bart abrasiert hatte. Bertis Jungengesicht. Die Narbe. Das Feuer.

»Sie hat ihn bei der Vernissage wiedererkannt?«

Paul nickte.

»Und es ist ihr klar geworden, dass sie sich in den Mann verliebt hat, der am Tod ihrer Eltern schuld war? Und dann …« Sie starrte Paul an. »Dann hat sie Berti erschlagen!«

Paul trat die nur halb gerauchte Zigarette aus.

»Ich hätte es sehen müssen, dass sie das nicht verkraftet. Ich hätte auf sie aufpassen müssen, das habe ich ihr doch versprochen.«

»Sie hat Berti umgebracht, Paul – was kannst du da jetzt noch machen?«

IN DER STADT, AUF DEM KOMMISSARIAT

Der Kommissar nahm Pauls Aussage auf. Inzwischen kannte er zwar diesen Teil von Anneliese Bergers Geschichte schon, aber interessant, dass sie Paul Färber davon erzählt hatte. Vielleicht hatte die Frau Winter doch Anlass, sich Sorgen zu machen. Der Kommissar fragte sich, ob es eine spezielle Anziehungskraft junger, verwirrter Mörderinnen auf Männer aller Altersstufen gab. Er selbst … wo er doch eigentlich laute, lärmende, üppige … aber die roten Locken, die blasse Haut – war da nicht etwas in seinen Träumen gewesen, letzte Nacht? Oder war es die andere gewesen, die Dunkle, Käthe, Katharina, auch sie nicht laut, nicht lärmend, eine stille Tiefe – und natürlich hätte Paul Färber ihm diese Geschichte schon viel früher erzählen müssen, aber für Loyalitätskonflikte dieser Art hatte der Kommissar plötzlich fast so etwas wie ein wenig Verständnis.

Dass aber jetzt diese Ausländer kamen und ihm ein Verbrechen mithilfe von griechischer Mythologie erklären wollten, das war dann doch ein bisschen zu viel.

»Schicksal«, sagte Luise Winter. Fäden, die gesponnen wurden. Blindes sehendes Schicksal, und dass wir nicht wüssten, wie der Faden gewirkt sei und wann er abgeschnitten werde und von wem. Blind verwoben, sagte Luise Winter, und als ob Lili, wie nach einem Plan, in die ihr gestellte Falle getappt sei, unwissend.

Der Kommissar schickte die Ausländer ins Besuchszimmer.

»Ich hab's getan«, sagte Lili, bevor Paul oder Luise etwas sagen konnten. »Ich hab davon geträumt und dann hab ich es getan.«

»Aber wieso?«, fragte Paul.

Lili sah ihn aus großen Augen an. »Aber das weißt du, Paul. Er hat mein Leben zerstört. Da musste ich doch ...«

»Und du hast ihn einfach so erschlagen?«

Ein Zittern ging durch Lilis Körper. Sie riss die Augen auf.

»Aber ich musste es doch tun, Paul! Ich habe den Stein in der Hand gehabt, und dann war er tot, Berti war tot und sein Blut ...« Sie strich sich über das Kleid, sie rieb die Hände aneinander.

»Ich hab dir nicht alles gesagt, Paul.«

Über ihre Wangen rollten Tränen.

»Meine erste Erinnerung ist, dass ich schreie und schreie und es ist heiß und ich habe schreckliche Angst. Ein Engel kommt, sein Gesicht ist voller Blut, da ist das Feuer, er beugt sich über mich, nicht weinen, sagt er, er hebt mich aus dem brennenden Auto und legt mich ins Gras.«

»Das war Berti?«, fragte Luise. »Berti hat dich aus dem Auto geholt?«

»Irgendwann, mit zehn oder zwölf habe ich meiner Großmutter von dem Engel erzählt. Sie hat mir eine Ohrfeige gegeben und dann wusste ich, der Engel war der Mörder. Ich hab …«, Lili schluchzte auf, »ich hab den Engel so geliebt, verstehst du das, Paul?«

Sie wischte sich mit dem Arm über die Augen. »Und jetzt«, flüsterte sie, »jetzt hat sich alles wiederholt, mit Berti hat sich alles wiederholt.«

Durch die vergitterten Fenster drangen der Straßenlärm, die Geräusche des Hafens. Wie dort die bunten Boote im Wasser schaukelten, dachte Luise. Wie die weißen Segel gehisst wurden, wie das Leben sich munter fortbewegte.

»Du hast Berti nie erzählt, dass du deine Eltern bei einem Autounfall verloren hast?«

Lili schüttelte den Kopf.

»Ich wollte. Das war so schwierig. Später, habe ich mir gedacht, ich erzähle es ihm später.«

»Und dann bist du zum Strand gegangen, wo Berti auf dich gewartet hat, und du hast einen Stein genommen und hast ihn erschlagen?«, fragte Paul. »Ist das so gewesen?«

»Es ist gut, dass es vorbei ist.« Ein schüchternes Lächeln huschte über ihr Gesicht. »Ich bin so froh, dass es vorbei ist.«

Aufseufzend lehnte sich der Kommissar zurück. Wahrscheinlich hatte er jetzt den Fall gelöst, der Ausländer, der Krimischreiber, der Mythenkenner, und konnte ihm die Ungereimtheiten erklären, die ihm Kopfzerbrechen machten, Lücken in Zeitabläufen, widersprüchliche Aussagen, falsche Aussagen, Lügen. Personen waren nicht dort gewesen, wo sie behaupteten, gewesen zu sein, oder zu einer anderen Zeit, sie verwischten ihre Bekanntschaft mit dem Mordopfer, sie verwischten die Art ihrer Beziehung zum Mordopfer, wäre all dem nicht immer noch nachzugehen?

Aber ein Geständnis war ein Geständnis war ein Geständnis. Das Labor auf dem Festland würde bestätigen, dass das Blut auf Anneliese Bergers Kleid Herbert Scharingers Blut war, ihre Handabdrücke mit dem Blut des Opfers auf ihrem Kleid – das erzählte doch eine Geschichte. Das Zeugnis des Blutes, dachte der Kommissar. Etwas flackerte in seiner Erinnerung, was bezeugte das Blut?

Es blieb dabei: Die bisher einzigen greifbaren Spuren waren die Blutflecken auf Anneliese Bergers Kleid. Auf diesem Kleid, das so plötzlich aufgetaucht war.

Wie die Verdächtige denn, hatte er seine Untergebenen angebrüllt, dieses Kleid habe versteckt halten können? Wie denn so ein Beweisstück habe verschwinden können? Habe er nicht die sofortige Durchsuchung aller Zimmer angeordnet? Reiche es nicht, dass sie verabsäumt hätten, die Putzfrauen rechtzeitig am Reinigen der Zimmer zu hindern? Und warum hätten sie das Zimmer eines der Hauptverdächtigen erst am Tag zwei nach dem Mord durchsucht? Wie meinten sie, mit dieser Schlamperei einen Mordfall lösen zu können? Das werde sich, hatte er gebrüllt, auf ihre Karriere auswirken!

Wie viele Fehler, fragte sich der Kommissar, waren ihnen noch unterlaufen? Wie viele Fehler waren ihm unterlaufen? Und welche Karriere, hatte er gedacht, sollte ein Inselpolizist wohl haben? Schulungen, dachte er. Er würde Schulungen anordnen, das könne doch jedenfalls nicht schaden.

Das Kleid habe sie, hatte Anneliese Berger zu Protokoll gegeben, am Morgen nach der Tat bei ihren Malsachen versteckt. Es sei auf dem Boden vor ihrem Bett gelegen, die dunklen Flecken auf dem roten Stoff, und die Erinnerung sei zurückgekehrt, wie der Stein schwer in ihrer Hand gewogen habe, wie das Blut, kalt und klebrig, auf ihren Händen gewesen sei. Die leeren Augenhöhlen, die sie angestarrt hatten. Und wie sie den

Stein ins Meer geworfen habe, sie hätte sich, hatte sie gesagt, doch gleich selbst ertränken sollen.

Sie habe das Kleid in einen Plastiksack gestopft, sie sei zum Bauernhof gehetzt und habe dort den Sack mit dem Kleid in ihrem Malkoffer verstaut. Sie hatte gehofft, dort würde keiner nachschauen, oder nicht gleich, bis sie einen anderen Platz gefunden hätte.

Wie sie Herbert Scharinger erschlagen habe, hatte der Kommissar gefragt. Sie möge ihm den Ablauf schildern, detailliert.

Anneliese Berger war in Tränen ausgebrochen. Er solle sie nicht quälen, sie habe versucht, alles zu vergessen, Bertis ausgeschlagene Augen, den Stein in ihrer Hand und Bertis Blut auf ihrer Haut, was vorher war, da sei ein Riss, sie erinnere sich nicht, Gott sei Dank, hatte sie gesagt, das sei doch eine Gnade.

Große Augen und ein Lächeln, das, wie sich der Kommissar eingestand, herzzerreißend gewesen war.

Seine Aufmerksamkeit wandte sich wieder den zwei Ausländern zu, die vor ihm saßen.

Er weigere sich, an Lilis Schuld zu glauben, brüllte Paul Färber. Auch wenn sie getan habe, was sie gestanden habe, so müsse man doch berücksichtigen, was dieser Tat vorausgegangen sei. Sie sei doch jedenfalls, das müsse auch der Kommissar sehen, in einem Zustand des Schocks und der Verwirrung gewesen, er könne nicht glauben, dass sie Berti kaltblütig ermordet habe.

Dass man auch in heißem Blut morden könne, entgegnete der Kommissar. Das Zeugnis des Blutes, dachte er wieder. Was hatte er übersehen? – Und jedenfalls habe sie ein Geständnis abgelegt, daran sei nicht zu rütteln.

Sie könne sich nicht an den Mord erinnern, sagte Paul Färber. Das zeige doch, in welchem Zustand sie sich befinde. Gefährdet, sagte er, und dass Lili dringend ärztliche Hilfe brauche.

»She is under observation«, murmelte der Kommissar, und dass Mörder viel behaupteten, um sich vor den Konsequenzen ihrer Taten zu schützen.

Ob er denke, sie lüge?

»This happens, no?«

Es könne Teil einer Strategie sein: »To do the deed«, die Tat begehen, das Bewusstsein davon bestreiten. Ja und nein gleichzeitig behaupten. Auf Schuldunfähigkeit plädieren, als hätte es zwar die Tat, aber keinen Mörder gegeben. Aber auch das tatsächliche Löschen der Tat aus dem Bewusstsein des Täters sei, das wisse man doch aus der Psychologie, nichts Ungewöhnliches. Verdrängen, abspalten. Sie seien doch aus Wien?

»This should not be news for you.«

Der Kommissar neigte den Kopf zur Seite. Interessant aber schon, welchen Einsatz Paul Färber zeigte. Vielleicht war ja die Wut des Paul Färber die des Mörders, der sah, dass ihm entwischte, weswegen er gemordet hatte?

»We will take care of her«, sagte er.

Und damit entließ er sie, die Ausländer, die Krimischreiber, die Mythenkenner.

AUF DER STRASSE ZURÜCK

Paul fuhr zu schnell. Sie hatten die Stadt hinter sich gelassen. Eukalyptusbäume, roter Oleander, weißer Oleander wischten an ihnen vorbei. Einmal musste Paul bremsen, weil ein Esel die Straße querte. Danach fuhr er mit unverminderter Geschwindigkeit weiter.

Er müsse, sagte er, einen Anwalt beschaffen. Er müsse sich erkundigen, ob man Lili nicht in Österreich in Untersuchungshaft nehmen könne. Dass er nicht glauben könne, was er gehört hatte.

»Aber«, sagte Luise vorsichtig. Es sei doch nicht so schwer, sich vorzustellen, dass da etwas kaputt gegangen sei, schon lange vor dieser Tat. Ganz am Anfang stehe ja wohl der Schock des Unfalls, der traumatische Verlust der Eltern. Lili habe in einer Traumwelt gelebt, mit Engeln geredet. In dieser Traumwelt habe sie den Mörder ihrer Eltern geliebt, damit habe sie, in ihrer kindlichen Wahrnehmung, eine große Schuld auf sich geladen. Und hier auf der Insel sei Realität geworden, was vorher nur Traumgespinst gewesen sei. Sie hatte den Mörder ihrer Eltern geliebt. Nicht nur abstrakt. Und nicht nur aus einer schwärmerischen Ferne. Ganz real. Sie hatte mit dem Mörder ihrer Eltern geschlafen – der größtmögliche Verrat an den toten Eltern. Ob es denn nicht verständlich sei, dass ihre Seele sich einen Ausweg suchte, in die Tat, und dann ins Vergessen?

»Auch Menschen, die wir lieben, tun böse Dinge. Oder Dinge, die wir nicht verstehen. Glaubst du, dass uns die Liebe schützt, Paul?«

Oleanderbüsche, Eukalyptusschatten, beim Kursgelände stieg Luise aus. Wollte sie noch etwas sagen, aber Paul sah sie nicht an, und ohnehin spielte es keine Rolle, was sie sagte oder nicht sagte, sie, Luise, würde keinen Anteil an seinem Leben haben. Paul wendete und fuhr ins Dorf zurück, gelber Staub, der in der Luft hing.

BEI NIKOS

Dass man immer etwas essen musste, obwohl man doch eigentlich sterben wollte.

Luise setzte sich in den Schatten, mit Blick aufs Meer. Sie bestellte Tsatsiki und stuffed irgendwas und bemühte sich, die Anwesenden zu ignorieren. An einem Nebentisch saß Philipp und schrieb und ächzte, er schaute auf und ächzte und schrieb.

Als könnte sie in der Zeit zurückgehen, sah sie Berti am Strand gehen. Berti, der Lili küsste; Sigi, Beifall heischend, im Glanz der Freude.

Philipp hatte aufgehört zu ächzen. Luise warf ihm einen Blick zu, eine große Qual sprang sie an. Sie sah geradeaus. Orange und grün und gelb leuchtete der Steg, von dem Kinder ins Wasser sprangen, ihre spitzen Schreie spalteten die Welt.

»Kann ich … ?«, fragte sie leise. Sie setzte sich an Philipps Tisch.

Am Strand marschierten Leute von links nach rechts, von rechts nach links, etwas mahlte in ihrer Brust. Eine Figur über Bedingungen des Glücklichseins nachdenken lassen.

»Ich war schon einmal hier«, sagte Philipp. »Ich war jung. Ich habe mich verliebt. Wie noch nie. Und wie seither nie wieder. Dass einen etwas trifft«, sagte er, »das einen nie wieder loslässt.«

Am Steg kreischten die Kinder.

UND WIEDER LUISES PLATZ

Luise saß auf der Liege unter dem Sonnenschirm und schaute aufs Meer. Nur noch morgen, dachte sie, übermorgen war es vorbei. Abreise am frühen Abend, das war im Sekretariat schon angeschlagen. Normalerweise hätte sie sich gefreut. Noch ein langer, fauler Strandtag, noch einmal bei Nikos oben sitzen, aufs Meer schauen, in die Sonne blinzeln. Diesmal bedauerte sie es, dass sie nicht unter den Frühfliegern war.

»Das kann doch gar nicht sein«, sagte Sigi neben ihr. Seine Augen waren rot, das nervöse Zucken hatte sich verstärkt. »Wieso macht sie so etwas das ist ein Irrtum nicht Lili das kann doch gar nicht sein wieso sagt sie …«

»Sie hat ein Geständnis abgelegt, Sigi, sie ist es gewesen.«

Sigi schreckte auf. »… aber Lili kann nicht wie kann überhaupt jemand glauben dass Lili die ist doch dazu gar nicht fähig sie würde nie du glaubst doch nicht dass Lili …«

Sigi schlang die Arme um seinen Oberkörper, er schaukelte hin und her, dass er noch einen Freund verloren hatte, dachte Luise, eine Vertraute, eine Verbündete gegen die Welt. Sie sollte, dachte sie, ihn umarmen, ihn halten, es stieß sie aber die Vorstellung von Sigis Haut ab, die sie sich schwitzig kalt dachte.

Sie räusperte sich. »Du hast ihr ein Alibi gegeben – du hast gelogen, Sigi, oder? Warum?«

»Nein nein nein nein«, unterbrach Sigi sie, »ich hab nicht gelogen ich konnte nicht schlafen ich bin noch einmal hinaus und da hab ich Lili gesehen kannst du auch nicht schlafen hab ich gesagt …«

»Sigi! Du müsstest doch das Blut gesehen haben! An ihren Händen!«

Sigi starrte sie an. Er leckte sich über die Lippen, in seinen verweinten Augen war ein verwirrter Ausdruck.

»Sie hat Berti erschlagen, Sigi, deinen besten Freund, und du hast für sie gelogen? Warum?«

Sigi sah sie blöde an. »Aber das hat sie nicht getan nicht Lili doch nicht Lili …«

Aufheulend stolperte er die Stufen hinunter, eine Schulter tiefer als die andere, eine jämmerliche, lächerliche, traurige Gestalt.

Luise war müde. Da war wieder die Bertihaut, die rief etwas und ein Vogel schrie und flog übers Land und da war dort und dort war da und hinter allem war ein anderes immer und Berti zog sich seine Haut ab und noch eine und immer war noch eine Haut unter der Haut und er grinste sie spöttisch an und sagte: »Ewig schade, Luise, es hätte nett sein können mit dir.« Und dann erschlug eine Bertihaut die andere und Luise stand daneben und dozierte, dass die Teile, die Häute, machten, was sie wollten, dass jede Haut für sich alleine stand und keine Haut wusste von der anderen und jede Haut war alleine. Was zu beweisen gewesen sei. Und dann fuhr Luise hoch, weil sie am Bauernhof zu trommeln begannen und sie wusste, in zwei Stunden war die Vernissage.

AM BAUERNHOF

Wieder waren unter den Föhren am Bauernhof, von Scheinwerfern ausgeleuchtet, die Bilder aufgebaut. Wieder wartete das Buffet. Aber heute waren nicht die Bilder im Mittelpunkt und auch nicht das Buffet. Im Bauernhof waren Fotos aus den Fotokursen der vergangenen Wochen ausgestellt, Hommage der Teilnehmer an Berti. Immer wieder hatte auch Berti als Modell gedient, Porträtaufnahmen, Schnappschüsse, als hätte er gerne gelebt, so sah er jetzt von der Wand auf sie herab, bärtig, braun gebrannt, mit seinem breiten Grinsen.

Hartmut stand bei den Fotos. Manchmal strich er über eines drüber.

»Ich war ein Arsch, Alter«, sagte er, »ein Idiot.« In hilflosem Zorn starrte er auf die Bilder an der Wand.

Ossi machte einen Schritt in den Kreis. Er hatte eine Gitarre dabei, er setzte sich auf einen Holzblock, er schlug ein paar

Akkorde an. Immer wieder brach seine Stimme, immer wieder setzte er neu an. How many roads, how many seas, how many times, how many years. Als er es zu Ende gebracht hatte, war es ganz still. Irene hatte den Kopf auf die Schulter ihrer Mutter gelegt. Sie weinte, und Käthe weinte mit ihr. Später fanden sich wieder Grüppchen zusammen, die, vorerst noch in gedämpftem Ton, dies und das besprachen. Tränen, Umarmungen, hie und da auch ein Lachen.

Alex kam zu ihr. Der Kommissar habe herausgefunden, welche Verbindung er, Alex, zu Berti hatte. Sie hätten zwar, wie es aussah, die Mörderin dingfest gemacht – »nailed down«, habe der Kommissar gesagt – und er wolle Alex glauben, dass er nichts mit dem Mord zu tun habe – »for the time being« –, er solle sich aber in Österreich zur Verfügung halten und sich in seinem Heimatort – Bad Leonfelden, hatte der Kommissar mehrfach wiederholt und ihn nach der richtigen Aussprache gefragt – in Bad Leonfelden jedenfalls bei der Polizei melden.

»Ich habe das nicht gewollt, Luise«, sagte er stockend. »Ich habe nie gewollt, dass Berti stirbt. Auch nicht, wie ich ihn noch nicht gekannt habe, wie er noch der Feind war, der absolut Böse, der das Unglück über meine Mutter gebracht hat.« Alex sah zu Bertis Porträts hinüber.

»Aber das Seltsame ist, Luise: Ich habe ihn gemocht. Oder: Ich hätte ihn mögen können. Als Kumpel, vielleicht sogar als Freund. Ist das nicht seltsam, Luise? Und was mache ich jetzt damit?«

Sigi, der sich etwas beruhigt zu haben schien, stierte den Menschen wild ins Gesicht. Sie sah ihn im Gespräch mit Ossi, mit Paul, wie Sigi vor ihnen auf und ab hüpfte. Paul legte einen

Arm auf Sigis Schulter, und wie sich Sigi dem ergab, dass ihn einer hörte, dass ihn einer sah.

Und sie aßen und tranken und sie spürten, dass sie lebten, während einer nicht mehr lebte und das machte das Brot bitter, das sie aßen, und den Wein süß.

Später sah Luise Hartmut, den etwas schüttelte, und Fanni und Harry taten so vorsichtig miteinander, und Alex stand bei den Fotos und Philipp war nicht gekommen. Birgit sei schon heimgeflogen, sagte jemand, Isolde mit den Kindern ebenfalls, dass sie sich von Teddy getrennt hatte, wollte jemand wissen, und dass man wohl nie erfahren würde, welche Rolle Berti bei diesem Entschluss gespielt hatte.

Paul war da und dort, er kam nicht zu ihr und sie ging nicht zu ihm. Sie schaute sich noch einmal die Fotos an. Eines steckte sie ein, dann hatte sie genug von diesem Tag.

6. TAG / DONNERSTAG

AM ENDE VON ALLEM

Sehr früh war Luise am Strand, der Himmel war blass, ein paar Angler warfen ihre Ruten aus. Später, in der Bäckerei, stand Paul vor ihr. Der süße Duft der Kuchen war zwischen ihnen. »Wie geht's?«, fragte er, wie man Zufallsbekanntschaften fragte. Er schaufelte mürbe Kekse in ein Sackerl, »also«, sagte Luise, »man sieht sich.«

Den ganzen Tag über rannte sie ihm über den Weg, ungewollt, unbeabsichtigt. Paul und sein Schreibkurs im Ionion, Paul und Ossi und Barbara bei Nikos, später Martha und Paul, Sigi und Paul. Sie sah ihn im Kinderpavillon, er telefonierte, mit Olga, dachte Luise, oder er organisierte Hilfe für Lili. Sie sah ihn im Dorf mit Käthe und Irene, mit Philipp, und später sah sie ihn mit Harry und Fanni. Immer streiften sich ihre Blicke und immer begegneten sich ihre Blicke nicht. Als sie endlich nach Hause ging, um ihren Koffer zu packen, fiel ihr das Foto vom Vorabend in die Hände. Sie steckte es ein.

Die Schlussaufführung begann mit einer Gedenkminute und dann: Musik, Trommeln, Schmuck, Yoga, das Inselbuch, Theater, am Schluss die griechischen Lieder, noch einmal wurde Bertis Name genannt. Dann: Völkerwanderung ins Ionion. Luise atmete auf. Nur noch dieses Essen. Sie saß mit Martha und Hilde an einem Tisch. Die arme Lili, klagten die beiden, und ob es denn wirklich wahr sei und nein, sie könnten es gar nicht glauben und ob man denn gar nichts tun könne für sie.

Später wechselte Luise ein paar Worte mit Irene.

»Jetzt hab ich einen Vater«, sagte Irene, »und hab wieder keinen.« Ihre Hand flog zum Mund. »Ich hab ihn gemocht, weißt du. Als … als Berti. Ich weiß noch nicht, wie ich ihn mir als meinen Vater denken soll.«

Irene setzte sich zu Simon und Alex, Käthe sah kühl an Luise vorbei.

»Ich habe dem Kommissar nichts gesagt«, sagte Luise. »Ehrlich.«

»Ach?« Käthe ließ einen eisigen Blick über Luise gleiten. »Aber wer außer dir hat davon gewusst?«

»Schau dich um«, sagte Luise. »Klatsch und Tratsch allerorten. Als ob man hier etwas geheim halten könnte! Irgendwer hat es gewusst, oder geahnt, oder sich etwas zusammenfantasiert – ich schwöre dir: Ich bin es nicht gewesen.«

Aus der Kiefer rieselten Nadeln auf das Tischtuch, Käthe schob sie zusammen, auseinander, sie sei, sagte sie, jedes Jahr für zwei oder drei Wochen hier gewesen. Sie habe Irene immer mitgenommen, anfangs, weil es ja hätte sein können, dass Joe auch hier war. Vielleicht habe sie sich am Anfang noch gewünscht, ihn wiederzusehen. Aber irgendwann sei das nicht mehr wichtig gewesen. Zakynthos sei eine Heimat geworden, Sommerheimat, sie habe in den letzten Jahren nicht einmal mehr an Joe gedacht. Nicht wirklich.

Berti habe sie vor zwei, drei Jahren kennengelernt, »wie man sich eben hier kennt«. Sie sei ihm aus dem Weg gegangen, er sei ihr nicht sehr sympathisch gewesen. Sie habe Berti kennengelernt, sie habe Joe nicht erkannt, und dass denn das möglich sei.

Die Singgruppe am Nebentisch brach in Lieder aus, *Zakynthos, Kerkyra,* ein warmer, feuchter Wind schwallte vom Meer her.

»Als wir erfahren haben, was passiert ist«, fuhr Käthe fort

und starrte auf ihre Hände, »da hat Irene gesagt: Es ist besser, wenn wir beide zusammen waren. Im selben Zimmer, die ganze Nacht.«

Käthe, die in den Morgenstunden in ein leeres Appartement heimgekommen sei, habe geglaubt, nicht geglaubt, befürchtet, zitternd befürchtet, Irene habe Berti getötet. Sie habe verzweifelt überlegt, aus welchem Grund sie das hätte tun sollen, sie habe nur diese eine Idee gehabt: Hatte Irene, aus einer Laune heraus, mit Berti geschlafen, bevor dieser wusste, dass sie seine Tochter war? Und hatte sie dann, nach der Vernissage, geahnt, wer Berti wirklich war? Und hatte sie also, aus Scham und aus Entsetzen, den Liebhaber, den Vater erschlagen? Warum bestand Irene darauf zu lügen? Und wo war sie in dieser Nacht gewesen, jedenfalls nicht in ihrem Zimmer. Es sei auch eine Wildheit in Irene gewesen, die es denkmöglich machte, sie hätte, aus dieser Wildheit heraus, zuschlagen können.

Käthe schüttelte den Kopf. Irene, fuhr sie fort, Irene habe tatsächlich geahnt, wer Berti war, und sie hatte angenommen, ihre Mutter habe nach dem Vorfall bei der Vernissage die Nerven verloren.

»Was die jungen Leute glauben! Wenn ich so schwache Nerven hätte! Und dass sie mir das zutraut!«

Luise sah auf das Meer, das seine Wellen schwarz ans Ufer warf. »Aber wo warst du die ganze Nacht?«, fragte sie. Und ob es nicht riskant gewesen sei, Lügen zu erzählen? Es hätte sie doch jemand sehen können, dann wäre sie doch erst recht in Schwierigkeiten geraten!

Käthe hob den Kopf. »Man muss nicht andere Leben und Beziehungen zerstören, nur weil man einmal etwas, oder jemandem, oder sich selbst nachgegeben hat.«

Käthe auf Abwegen, dachte Luise. SODOM UND GOMORRHA.

»Ich will es gar nicht wissen!«, rief sie, als Käthe ansetzte, etwas zu sagen.

»Ich würde es dir auch nicht sagen«, entgegnete Käthe. »Ich sehe nur grad eine Freundin, die möchte ich begrüßen. Ich bleibe noch eine Woche oder zwei, aber privat, bei ihrer Familie. Bis morgen, Luise, wir sehen uns doch noch?«

Fanni huschte vorbei. »Wir gehen in die Logos Bar, kommst du mit?«

Nein, sagte Luise, sie würde dann einfach schlafen gehen.

»Wenn du meinst.« Sie ließ ihren Blick schweifen. »Und was ist mit ...«

Sie nickte zu Paul hinüber, der saß in einer Runde.

MÄDELS, dachte Luise. Wie schnell sich einer tröstete. Und dass sie nicht einer Zukunft nachweinen würde, die es nie gegeben hatte.

»Morgen, Fanni, beim Frühstück haben wir Zeit zum Reden, okay?«

In sich zusammengesunken am anderen Ende des Tisches hockte Sigi, auch er hatte alle Angebote, noch irgendwohin zu gehen, abgelehnt.

»Was ich dich fragen wollte, Sigi ...« Sie legte das Foto auf den Tisch, das sie am Vortag vom Bauernhof mitgenommen hatte.

»Du hast das gewusst mit Berti und Käthe, nicht?«

Er sah sie mit leeren Augen an. »Wie kommst du darauf?«

Weil sie dort gewesen sei. Und Sigi müsse dort gewesen sein, irgendwo auf der anderen Seite der Straße, er müsse doch auch sie gesehen haben, als sie wieder aus dem Graben gekrochen war. Sie tippte auf das Foto, das zeigte Berti, neben ihm plusterte sich ein Hahn auf einer staubigen Straße vor einem Gebüsch auf.

»Wenn man es nicht weiß«, sagte sie, »sieht man es nicht. Aber wenn man es einmal weiß, kann man es nicht mehr übersehen.«

Sie zeigte auf das Gebüsch, auf eine Lücke im Gebüsch. Das sei ihr Knie und das ihre gestreifte Hose. Und sie wisse, wann sie in dem Graben gewesen sei, schändlicherweise.

Sigi betrachtete das Foto, wie gleichgültig.

»Ich habe Fotos gemacht«, sagte er schließlich. »Von den Olivenbäumen, von den Hühnern. Das war ein Zufall. So wie bei dir.«

»Du hast dem Kommissar erzählt, was zwischen Berti und Käthe war. Hast du allen Ernstes geglaubt, Käthe hätte Berti umgebracht?«

»Ist doch egal«, sagte Sigi. »Das ist doch jetzt alles egal.«

Er stand auf. Er ging aus dem Ionion hinaus, er ging über den Platz vor dem Mäuerchen, er ging die Stufen hinunter zum Strand. Luise folgte ihm zögernd. Der Wind hatte sich verstärkt, das Segel über dem Amphitheater knatterte. Sigi ging voraus, ein bisschen schief, mit hochgezogener Schulter. Aus der Nacht rollten die Wellen heran, mit weiß schäumenden Kämmen brachen sie donnernd ans Ufer. Sigi blieb stehen.

»Glaubst du, ich weiß nicht, dass ich eine Witzfigur bin?«, sagte er in den Wind und in das Brausen der Wellen hinein. »Berti war der Einzige, der Erste und der Einzige ... Ihr ... ihr habt gelacht über mich, alle.«

»Das ist nicht wahr, Sigi«, sagte Luise, und erinnerte sich, wie sie über Sigi getratscht hatte, wie sie ihn dem Gelächter preisgegeben hatte.

»Der Vater«, eine Bewegung ging durch seinen Körper, »der Vater hat das auch gewusst.«

Er starrte auf das donnernde, brausende Meer.

»Eines Tages, hab ich mir gedacht, eines Tages werde ich so

sein, wie er mich will, eines Tages habe ich gedacht werde ich es richtig machen alles richtig machen dann wird alles anders habe ich gedacht dass ich mich nur ein bisschen … ein bisschen mehr mich anstrengen müsste … nur ein bisschen … Jammerlappen hat der Vater gesagt Waschweib heulst wie ein Waschweib …« Sigi lachte auf. »Wie ein Waschweib«, wiederholte er.

Luise sah auf die Uhr. Sie war müde. Sie war traurig. Sie hatte, bevor sie morgen abflog, ihre Neugierde befriedigen wollen, die Fäden des Rätsels zusammenführen wollen, und jetzt wollte sie nichts dringender als ins Bett gehen und schlafen.

»Sigi«, sagte sie. »Es ist spät …«

Etwas glomm in Sigis Augen auf.

»Ich habe es Berti erzählt«, sagte Sigi. »Das, und alles andere auch.«

Die Nacht war besonders dunkel, ein müder Sichelmond schwamm in seinem kranken Licht. Nach Hause gehen, dachte Luise. Sich in einen Schlaf flüchten, es war doch nichts am Vergangenen zu ändern.

Lass uns morgen reden, wollte Luise sagen, während sie hinter Sigi hertrottete. Du wirst lernen, ohne Berti zu leben. Und nächstes Jahr sind wir beide wieder hier, du wirst andere Freunde finden, aber lass uns jetzt umkehren, den Tag beenden, schlafen gehen.

Sigi, ein schiefer, hinkender Schatten, war bei den Felsen angelangt. Wie das Wasser wild gegen die Felsen schlug. Wie es schäumte und grollte und brauste, wie es donnerte und toste, Berti war hier gesessen, an einem frühen Morgen, als wartete er auf jemanden.

»Ich wollte das nicht, Luise«, sagte Sigi. »Wie hätte ich das wollen können.«

Also waren sie am Ende angelangt.

Luise wunderte sich, dass sie sich nicht wunderte. Als hätte sie gewusst, dass es so enden würde, aber das hatte sie nicht.

»Es ist einfach so passiert Luise das … das musst du mir glauben Dinge … passieren sie passieren eben es ist … einfach so passiert …«

»Du warst hier«, sagte Luise, noch immer nicht erstaunt und als flösse eine große Klarheit in sie hinein. »Und du hast …«

»Ja«, sagte Sigi. »Ich. Ich ich ich … ich hab's getan. Ich.«

Sigi nahm einen Stein, der da lag, kindskopfgroß. Luise sah ihm zu, wie er den Stein in der einen, in der anderen Hand wiegte, wie er sich an den Stein klammerte, wie er, als erinnerte er den Schlag, das Gewicht des Steins prüfte.

Er habe gewusst, stammelte er, dass Berti hier sein würde. Er, Sigi, habe mit ihm reden wollen.

»Nur reden Luise verstehst du einfach nur reden?«

Seit der Vernissage sei Berti ihm ausgewichen, er habe nicht mehr mit Sigi geredet, Sigi habe nicht gewusst, warum. Er habe gedacht, er habe etwas falsch gemacht, so wie er immer Dinge falsch gemacht habe, und jetzt auch mit Berti, das habe er nicht ertragen.

Er habe Berti doch nur fragen wollen … ob sie noch Freunde seien, habe er fragen wollen. Nur das habe er wissen wollen, dann hätte er das Schweigen aushalten können. Lili sei bei Berti gewesen. Er habe im Wäldchen gewartet, bis sie gegangen sei. Er sei aus dem Wäldchen herausgekommen, genau hier.

Was er hier suche, habe Berti ihn angeschrien. Ob er ihm nachgeschlichen sei. Ob er sie habe beobachten wollen, Lili und ihn, und wie pervers das sei, wisse er das nicht, immer noch nicht, wie pervers er, Sigi, sei? Dass er es satt habe, immer und überall von Sigi bedrängt zu werden. Dass Sigi eine Klette sei, lästig, unfähig, sein eigenes Leben zu leben. Ich bin nicht deine Mama, habe er geschrien. Und ja, er sei ein Schlappschwanz, ein Versager, ein jämmerliches Waschweib, und dann habe Berti ihn geschlagen.

Sigi wiegte den Stein, den kindskopfgroßen.

»Das hätte er nicht tun dürfen, Luise. Das nicht.«

Einen Moment schien das Heulen und Toben des Meeres innezuhalten, bevor es mit erneuter Wucht wieder losbrach.

Sigi ließ den Stein fallen. Er sah auf die aufgewühlten Wassermassen, er sah auf die Felsen, die schwarz in die Schwärze stachen.

Er habe einen Stein genommen. Berti habe gelacht. Das traue er sich nicht, habe er gehöhnt und sich umgedreht, so sicher sei er gewesen, dass Sigi nicht zuschlagen werde. Waschlappen, habe er im Umdrehen gelacht. Und da habe er es getan. Eine so plötzliche ... plötzliche Wut sei in ihm gewesen und habe ihn überrollt, so plötzlich, und so groß, als gäbe es nichts anderes als diese Wut. Er hatte mit dem Stein in der Hand ausgeholt, der Stein war auf Bertis Schläfe geknallt, etwas brach. Im Fallen hatte sich Berti umgedreht und ihn angesehen. Er war in den Sand gefallen und hatte sich nicht mehr gerührt.

Steh auf, hatte Sigi gesagt. Bitte, Berti, bitte. Er hatte ihn zum Felsen gezogen, er hatte ihn an den Felsen gelehnt, so schwer war Berti gewesen, so entsetzlich schwer. Bitte, Berti, es tut mir leid, steh auf. Aber Berti hatte sich nicht gerührt, seine Augen waren offen gewesen und hatten ihn angesehen, als sähen sie auf den Grund von Sigis Nichtswürdigkeit. Da hatte er noch einmal den Stein genommen. Da hatte er noch einmal zugeschlagen, und noch und noch.

Das Meer brüllte und der Wind heulte und Luise war schrecklich kalt. Aber was war der Mensch. Ein armes, nacktes Tier.

»Lili glaubt, sie ist es gewesen«, sagte sie schließlich. »Das kannst du nicht zulassen.«

»Nein«, sagte Sigi, »du hast recht, das kann ich nicht zulassen.«

Er sank, weil nichts mehr ihn aufrecht hielt, in den Sand. Er zitterte. Dass sie nicht fähig war, dachte Luise, ihm den einfachsten Trost zu geben, ihn zu berühren.

»Ich wollte nicht dass ein anderer Schwierigkeiten bekommt«, stieß Sigi hervor. »… nicht Teddy und nicht Käthe und schon gar nicht Lili was ich getan habe was ich getan hab Luise wie soll ich denn das erklären wie soll ich denn das wiedergutmachen Luise wie geht denn das?«

Er hob sein Gesicht, wie vertrauensvoll, Luise kämpfte gegen eine Übelkeit an, aber wie ging das, das Unabänderliche wiedergutmachen.

»Du musst es dem Kommissar sagen. Wegen Lili. Und auch wegen dir.«

Sigi nickte. Die Arme um seinen Oberkörper geschlungen nickte er.

»Du hast recht, Luise. Natürlich hast du recht. Das muss ich tun.«

Er blieb im Sand sitzen, er nickte und schaukelte hin und her.

»Ich komme mit dir«, sagte Luise. »Wir machen das jetzt gleich.«

»Jetzt gleich«, sagte Sigi. »Wir machen das jetzt gleich.«

Das Meer brüllte und schäumte; er schien einen Entschluss zu fassen. Er stand auf, er klopfte sich den Sand von der Hose.

»Ich muss noch meine Sachen holen«, sagte er, als handelte es sich um einen Ausflug, den sie unternehmen würden. »… was ich so brauche ich werde ja doch nicht mehr … nicht mehr zurückkommen«, er wandte sich zum Wäldchen, hinter dem seine Wohnung lag, »… mich ein wenig repräsentabler machen was soll der Kommissar denken wenn ich mitten in der Nacht und so bei ihm auftauche wir sehen uns bei dir Luise bis gleich also ich bin froh dass du das mit mir machst Luise ich bin wirklich froh …«

Es war ein so langer Weg zurück. Und so großer Lärm rundherum und ein Schwirren in ihrem Kopf und eine schwarze böse Enge in ihrer Brust. Etwas war falsch, ganz falsch, und wie gerne würde sie sich in den Sand setzen, ein wenig rasten, aber sie musste nach Hause, sie musste mit Sigi in die Stadt fahren. Sigi hatte Berti erschlagen, sie schluchzte auf, sie würde mit ihm fahren, sie würde bei ihm bleiben, wenn er dem Kommissar erzählte, was er getan hatte, dann stand jemand vor ihr, sie schrie auf, Sigi, der gekommen war, um auch sie zu erschlagen, es war aber Paul, der sagte: »Ich hab dich gesucht, Lu-ise, wo bist du gewesen?«

Und dann überwältigte sie etwas und sie erzählte Paul, was ihr Sigi erzählt hatte, und dass sie mit ihm in die Stadt fahren würde, gleich, jetzt, sofort, »ich muss das jetzt machen«, sagte sie und wollte weitergehen, aber Paul hielt sie zurück.

»Wo ist Sigi jetzt?«, fragte er und sie sagte, dass er noch ein paar Sachen holen wollte, »ein paar Sachen?«, fragte Paul, ja, sagte Luise, weil er doch nicht mehr zurückkommen würde, und dann wusste sie, was falsch war und dass sie nicht zugehört hatte, sie hatte nicht richtig zugehört, und es war ihre Schuld, alles, was jetzt noch passieren würde.

Am Strand fanden sie ein Häufchen Kleider, Hose, Shirt, schön zusammengefaltet, mit den Schuhen und einem Stein beschwert, außer Reichweite der Wellen.

Weit draußen sahen sie etwas, das war vielleicht Sigis Kopf, zwischen den Wellenbergen und Tälern tanzte Sigis Kopf. Paul streifte Hose und Hemd ab, er schwamm hinaus in die

Schwärze, er kämpfte sich durch die heranbrausenden Wellen, er wurde zurückgeworfen, er warf sich wieder gegen die Wucht der Wogen, dann war er im tieferen Gewässer. Und während Paul sich zu Sigi vorkämpfte, sah Luise, wie eine Welle über Sigi zusammenschlug und noch eine und noch eine und dass Sigi nicht wieder auftauchte, nicht wieder auftauchte, nicht wieder auftauchte. Paul schwamm weiter, er tauchte unter, er blieb lange, so lange unter Wasser, wenn er nicht mehr zurückkäme, auch das wäre Luises Schuld. Und dann, endlich, kam er wieder hoch, er schrie etwas in den Sturm, er tauchte unter, er tauchte auf und endlich kehrte er um.

Der Weg zurück. Das Warten auf die Polizei. Barbara versorgte sie mit Tee, mit Decken, mit trockener Kleidung. »You again«, sagte der Kommissar.

In Sigis Zimmer fand die Polizei einen Brief. *Liebe Lili.*

Sie fanden ein Notizbuch, Sigis Inselbuch. Jedes Gespräch mit Berti hatte er aufgezeichnet, akribisch, über Jahre. Am Ende blanke Verzweiflung. *Er redet nicht mehr mit mir.*

»You should take her to bed«, sagte der Kommissar zu Paul. »I'll see you tomorrow.«

Morgen, dachte Luise. Und dass das Morgen schon heute war.

Doch nicht die Reize verwirrter Mörderinnen, dachte der Kommissar. The way he looked at her. Und wie sie sich zu ihm neigte. Zu Bett, winkte er.

»War das jetzt eine Order?«, murmelte Luise. »Bleibst du bei mir, bitte?«, murmelte sie. »Nur heute. Nur jetzt.«

In der Nacht wachte sie auf. Paul war da, neben ihr. Sie drehte sich zu ihm, sie studierte sein Gesicht, die feine Narbe. Es gab etwas, das sie ihm sagen musste, dringend.

7. TAG / FREITAG

UND DANN NOCH DORT

Luise wachte auf, sie duschte, sie machte Kaffee. Sie spürte Pauls Blick auf sich, sie würde ihm sagen müssen, was sie zu sagen hatte.

»Magst du dableiben, Lu-ise?«, sagte Paul. »Ich bin noch drei Wochen hier. Magst du?«

Luise stellte die Tassen, die sie aus dem Regal genommen hatte, auf die Abwasch. Sie drehte sich um. Paul. Wuschelhaare. Grübchen. Und etwas so Anrührendes, dass sie hätte weinen mögen.

»Lu-ise?«

Sie stellte die Tassen von der Abwasch auf das Tablett, sie schenkte Orangensaft in Gläser ein, sie füllte Oliven in eine Schüssel, zu den Gläsern und Schüsseln und Tassen hin sagte sie: »Ich kann das nicht, Paul.«

Sie sah Paul an. Seine Augen waren dunkel. Als stünde etwas vor ihm, ein Schatten, ein Licht, er hob die Hand, er ließ die Hand sinken.

»Was kannst du nicht?«

Seine Stimme splitterte, das schnitt sie.

»Das alles. Hierbleiben. Bei dir bleiben. Ich kann das nicht.«

»Was ist so schwer daran?«

»Ich kann das nicht, lieben.«

Sie wandte sich wieder den Gläsern und Tassen und Schüsseln zu. »Willst du Kaffee, Tee, ich kann dir einen Toast machen …«

»Lu-ise.«

Wie er seine Nachtstimme gegen sie einsetzte.

»Wieso glaubst du denn so was?«

»Es ist besser, ich lass das, verstehst du das nicht?«

»Nein«, sagte Paul. »Das verstehe ich nicht.«

»Es ist besser, du gehst zu Olga zurück, oder zu Lili, die braucht jetzt jemanden, oder du suchst dir sonst wen, du verstehst doch, dass das so besser ist?«

»Nein«, sagte Paul.

»Nein? Wieso nein?«

»Weil«, sagte Paul.

»Weil was?«

»Einfach weil.« Er sprang aus dem Bett. »Weil du es dir zu leicht machst, deswegen. Weil du so tust, als gäbe es mich gar nicht. Weil du mich nicht fragst, was ich glaube. Weil …«

Er sammelte seine verstreuten Sachen auf, er schlüpfte in sein Gewand. Er sah Luise an, noch schlafverstrubbelt, aufgebracht. »Weil wir es einfach miteinander versuchen könnten, meinst du nicht?«

»So einfach, meinst du? Einfach so?«

»Ja, mein ich, einfach so.«

»Ja dann«, sagte Luise und wunderte sich ein bisschen und etwas flatterte in ihr, heidnisch, »wenn du das meinst …«

Paul legte jetzt seine Arme um sie, er zog seine Augenbrauen so finster zusammen, »ich meine das genau so«, sagte er und küsste sie, »und ich bin froh, dass wir das jetzt endgültig geklärt haben.«

Noch einmal eine Aufregung, noch einmal ein Entsetzen, das über die Sommerakademie hinwegschwallte, Luise ging dem allen aus dem Weg. Sie kam aber zum Vormittagsbus, um sich zu verabschieden.

»Sehen wir uns nächstes Jahr?«, fragte Fanni. Luise nickte und brach in Tränen aus.

»Siehst du«, hörte Fanni, als sie in den Bus einstieg, der sie zum Flughafen bringen würde, Luise zu Paul sagen, »es fängt schon an. Ich löse mich schon auf. Schrecklich.«

»Das passt schon«, sagte Paul. »Ich halte das aus.«

Harry stand vor Luise. »Und du?«, fragte sie. »Ist alles in Ordnung mit dir?«

»Ich glaub schon«, sagte er. »Ich glaube, wir kriegen das wieder hin. Was für ein Urlaub!«

Weitere Umarmungen, der halbe Krimikurs flog zu Mittag ab. Sie winkten in die Staubwolke hinein und sahen dem Bus nach, bis er um die Ecke gebogen war, blitzblau. Ein Polizeiauto blieb stehen. Lili stieg aus.

»Wir sehen uns später«, sagte Luise zu Paul.

Paul ging auf Lili zu, er umarmte sie, er sagte etwas in ihr Haar hinein, aber, dachte Luise, dass einer eine so große Fähigkeit haben konnte, Menschen zu berühren.

Sie ging zum Strand. Die Liege neben ihr leer. Sigi, dachte sie. Einer setzte sich in den Sand, das war Philipp.

Er fliege am Abend weiter, sagte er. Aufs Festland. Er habe eine Rundreise geplant: Athen, Korinth, Mykene und dann hinauf nach Delphi. Vom Meer habe er vorläufig genug. Und dass er diese Insel hier, er stockte, ein für allemal hinter sich lassen würde.

Als könnte man das, dachte Luise. Die Erinnerung an das Wasser hinter sich lassen, an das Licht, die rote Erde, die Föhren und das silberne Glänzen der Olivenbäume, an den Dunst am Horizont und an das Schrillen der Zikaden, Sommergesänge. Und an eine Liebe, dachte sie, und dass sie, würde sie an ihrem Text doch einmal weiterarbeiten, nicht wollen würde, dass einer sterben müsse.

»Sie hat Vera geheißen«, sagte Philipp. »Ich habe sie hier kennengelernt, das war vor zwanzig Jahren. Sie ist die Luna aus meinem Roman.«

Sie sei Bildhauerin gewesen und er habe lange Zeit geglaubt, sie müsse doch eine Stärke haben, die Stärke ihres Materials. Alles andere sei ihrer Jugend zuzurechnen, der Sensibilität einer Künstlerin; was ihr fehle, habe er gedacht, sei Erfolg und eine Stütze im Privatleben, seine Liebe würde ausgleichen, was sie umtrieb.

Stimmungsumschwünge, sagte er. Schreckliche Stimmungsumschwünge. Den Ausdruck »bipolar« habe sie gehasst. Sie habe keine Krankheit, habe sie gewütet und sich geweigert, Medikamente zu nehmen, sie müsse, habe sie gesagt, in dieser Zerrissenheit leben.

Immer wieder der Versuch, aus dem Leben zu gehen. So habe sie das genannt: Ich will doch nur aus dem Leben gehen, was ist so schlimm daran, warum erlaubt ihr mir das nicht.

Sie hätten sich getrennt, sie seien wieder zueinandergekommen, sie hätten sich wieder getrennt, irgendwann habe er gewusst, dass er sich von ihr befreien musste. Er habe sie nicht mehr angerufen, er habe nicht mehr auf ihre Anrufe reagiert. Dass sie an einer Medikamentenvergiftung gestorben sei, Jahre später, habe er aus der Zeitung erfahren. Er wisse, dass er nicht schuld an ihrem Tod sei. Er fühle sich aber trotzdem schuldig. Er habe ihre Geschichte aufgeschrieben, weil er verstehen wollte. Ihre Krankheit, ihren Tod, ob sie ihn geliebt habe, ob er sie geliebt habe oder ob es immer, immer nur ihre Krankheit gewesen war, die sie zueinander- und auseinandergetrieben hatte; schreibend sei sie ihm aber immer fremder geworden.

»Und Berti?«, fragte Luise. »Was hat Berti damit zu tun gehabt?«

»Berti!« Philipp seufzte.

Berti hatte Vera im letzten Jahr ihres Lebens näher kennengelernt. Vielleicht hatten sie eine Affäre gehabt, vielleicht auch nicht. Nach Veras Tod, nach dem Erscheinen von Philipps Roman hatte Berti Philipp vorgeworfen, ihr Manuskript gestohlen zu haben, Leichenfledderei, hatte er gesagt, Philipps Roman sei gewesen, woran Vera gearbeitet habe, dieselbe Geschichte. Er, Philipp, habe aber nicht einmal gewusst, dass sie geschrieben habe. Er habe sich, dann endlich, von ihr ferngehalten.

»Ich würde ihr Manuskript, wenn es noch existiert, gerne lesen«, sagte Philipp. »Aber wahrscheinlich sollte ich das nicht.«

Er stand auf. »Alles Gute, Luise«, sagte er. »Wenn du einmal nach Salzburg kommst …«

Er war schon fast bei den Stufen, da kehrte er noch einmal um.

»Ich habe es Berti nie gesagt, aber wir waren damals beide hier, in dem Sommer, in dem ich Vera getroffen habe, in dem er Käthe gekannt hat. Ich habe ihn verachtet, damals. Und auch später. Und jetzt ist er tot. Und Vera ist tot. Und Sigi ist tot. So viele Tote, Luise. Und warum leben wir?«

Es war so ruhig jetzt. Nach und nach kamen die Neuen und eroberten sich den Strand und die Tavernen. Bunte Tücher flatterten im Wind, der Mittag senkte sich heiß und faul auf die Insel. Das Meer rauschte und die Zikaden schrillten. Eine Eidechse ruckte den Kopf. Jetzt, in diesem Moment, verschmolzen die Welten in flüssigem Gold.

IN DER STADT, AUF DEM KOMMISSARIAT

Die Ausländer also, noch einmal. Krimischreiber und Mythenkenner. Über Leichen Stolpernde. Und dass er gerne wissen würde, wie es mit den beiden weiterging.

Dass er auch gerne wissen würde, wie es mit ihm weiterging. Er hatte mit seiner jüngsten Schwester telefoniert.

Wie er, hatte sie ihn angepfaucht, es wagen könne, Katarina des Mordes zu verdächtigen!

Welche Katarina?, hatte er gefragt.

Die Katarina, die eine sehr enge Freundin der Frau seines Großcousins dritten Grades sei, das müsse er doch gewusst haben. Die Katarina, die voriges Jahr sogar zur Hochzeit dieses Großcousins gekommen sei, aber da habe er, Konstantin, ja Besseres zu tun gehabt.

Der Kommissar protestierte. Er sei mit einer schweren Sommergrippe darniedergelegen und ob er das jetzt richtig verstanden hätte, dass die Katarina, von der die Schwester spreche, Käthe sei, also Katharina. Weil von der Sommerakademie, die Käthe, dachte er, die einen reizenden Akzent hatte, wenn sie Griechisch sprach.

Weil er ihr nie zuhöre, hatte die Schwester gepfaucht, und sie wisse nichts von einer Käthe, sie kenne nur eine Katarina.

Ja, hatte der Kommissar gesagt und sich an die Unmengen Fotos erinnert, die ihm die Schwester nach seiner Genesung gezeigt hatte und dass er sehr gut darin war, Familienfotos anzuschauen und nichts zu sehen, was vielleicht ein Fehler war.

Natürlich, hatte er gesagt, sanft. Katarina.

Er müsse, hatte die Schwester gepfaucht, sich bei Katarina entschuldigen, das sei doch jedenfalls das Mindeste, das die Schwester von ihm erwarte.

Selbst wenn er wollte, hatte der Kommissar eingewandt, wie solle er das tun, sie würde doch heute die Insel verlassen, sitze vielleicht jetzt schon im Bus, wenn nicht gar im Flieger, der sie nach Hause bringe.

Die Schwester hatte triumphiert. So leicht komme er nicht davon! Katarina nämlich verbringe noch ein paar Tage bei der Familie des Großcousins dritten Grades und sie, die Schwester, erwarte sich, dass Konstantin dort auftauche, am Sonntag, es gebe Lammbraten.

Ob denn Katarina wisse, dass er der Großcousin dritten Grades des Mannes ihrer guten Freundin sei?

Bevor er sich nicht entschuldigt habe, müsse man sich jedenfalls der Verwandtschaft mit ihm, Konstantin, schämen. Ob er also komme?

Ja, hatte der Kommissar gesagt, sehr sanft. Selbstverständlich komme er.

»We have found the corpse of Mr. Köllner«, sagte der Kommissar.

Sie hatten Sigis Leiche gefunden. Es bestehe keine Notwendigkeit, ihn zu identifizieren, sagte der Kommissar. Sie sollten aber wissen, was möglicherweise am Grunde all dieser schrecklichen Ereignisse liege.

Die Ermittlungen, fuhr er fort, seien bis zum Schluss in alle Richtungen geführt worden. Anneliese Bergers Geständnis habe ihn nicht überzeugt, ebenso wenig wie verschiedene andere Aussagen von Verdächtigen – er zog die Augenbrauen hoch –, das Blut sei kalt gewesen, fügte er kryptisch hinzu, und am Ende sei man fündig geworden. Sie hätten, sagte er, Sigis blutverschmierte Kleider auf der Mülldeponie gefunden. Tatsächlich habe also die Wiederaufnahme der Arbeit der Müllabfuhr am Freitagmorgen vor einer Woche zu einer Verzögerung der Ermittlungen beigetragen.

Der Kommissar spreizte die Finger. Er ließ seinen Blick über Paul Färber und Luise Winter gleiten. Luise Winter war blass unter ihrer Bräune, aber es war dem Kommissar nicht entgangen, dass sie ihre Hand erst beim Eintreten in das Büro aus Paul Färbers Hand gelöst hatte.

Das Ende also, sagte der Kommissar. Und der Anfang.

Luise schlug die Akte auf, die ihnen der Kommissar vorgelegt hatte. Lebensspuren von Sigi, Informationen, die aus Österreich übermittelt worden waren. Jugendgericht, Jugendpsychiatrie.

Ein Vater, eine Mutter, ein Sohn. Der Vater, der seine Kraft an der Frau, am Sohn ausließ. Die Mutter, die weder sich noch den Sohn schützen konnte. Die Eskalation der Gewalt.

Vor Gericht sagte der Mann, der Sohn habe sehen sollen, was ein Mann mit einer Frau mache. Er habe lernen müssen, was es heiße, ein Mann zu sein, also habe er es ihm gezeigt, was der Vater mit der Mutter, was ein Mann mit einer Frau machte. Und was denn daran falsch sei? Auch sei es, hatte der Mann gesagt, sein gutes Recht, Frau und Kind dorthin zu prügeln, wo er sie haben wolle. Wenn sie nicht von selbst parierten, dann müsse man es ihnen beibringen, das sei eine notwendige Lektion, die zu lernen sei.

Vor Gericht war der Mann aber nicht wegen der Gewalt gelandet, die er seiner Frau und seinem Sohn angetan hatte. Vor Gericht war der Vater auch nicht wegen des Suizidversuchs des Jungen, der als ein Unfall vertuscht worden war, gelandet.

Der Mann war endlich vor Gericht gelandet, weil der Junge, um seine Mutter vor weiteren Übergriffen zu schützen, den Vater mit einem Küchenmesser angegriffen hatte. Die Verletzungen, die der Sohn dem Vater zugefügt hatte, waren zahlreich, wenn auch nur oberflächlich gewesen. Nachbarn hatten die Polizei informiert, so war die Sache aufgekommen. Den verzweifelten Akt seines Sohnes hatte der Vater mit einem verächtlichen »Schwächling, der nichts zustande bringt« kommentiert.

Es scheine, sagte der Kommissar, dass Siegfried Köllner eine Art Flashback erlitten habe und dass er nicht in der Lage gewesen sei, in geeigneter Form auf die Stressfaktoren zu reagieren. Möglicherweise sei er also im Moment des Tötens nicht schuldfähig gewesen, das sei aber leider nicht mehr wirklich von Bedeutung.

Was mit Sigi nach dem Angriff auf den Vater geschehen sei?, fragte Paul.

Psychiatrie, Pflegefamilie. Siegfried Köllner sei mit Erreichen der Volljährigkeit freiwillig zu seiner Familie zurückgekehrt. Der Vater sei vor einigen Jahren gestorben, es gebe keinen Grund anzunehmen, er wäre keines natürlichen Todes gestorben.

Man habe ihm, sagte der Kommissar, einige Texte gefaxt, die Siegfried Köllner während seiner Behandlung geschrieben habe.

»You are free to read them, if you want to.«

Luise und Paul beugten sich über die Blätter. Sorgfältig waren die Punkte ausgemalt, sorgfältig waren die Unterlängen unter die Linien gesetzt, die großen Anfangsbuchstaben waren verschnörkelt. *Du bist mein geliebtes Kind.*

Luise lief den Strand entlang. Sie kam zu den Felsen, sie kam dorthin, wo Sigis Kleiderhäuflein gelegen war, als hätte er die Kleider für den nächsten Schultag gerichtet, braver Bub. Sie hatte, dachte sie, Sigi nie gefragt, was denn die Bedingtheiten seines Lebens waren. In ihrem Kopf war das Dröhnen des wütenden Meeres, sie lief, bis sie so müde war, dass sie es hören konnte, dass Paul sagte: »Lass uns heimgehen, Lu-ise. Es ist genug.«

IM DUNKLEN LORBEER

Luise schläft.

Paul hat ihr erzählt, was ihm Lili erzählt hatte. Sie war zweimal am Strand gewesen. Sie hatte Berti gesagt, was er nicht wusste, dass er der Mörder ihrer Eltern war. Und sie war zurückgekommen, um ihm zu sagen, dass sie ihn vor langer Zeit geliebt hatte, als ihren Engel, und ob sie nicht versuchen könnten, füreinander etwas ganz Neues zu sein. Dass sie ihn, vielleicht, dennoch lieben könnte, hatte sie sagen wollen, aber da war Berti schon tot gewesen. Etwas war mit ihrem Kopf passiert und sie hatte vergessen, dass sie zurückgekommen war und warum. Berti war tot, sie hatte einen Stein gehalten und Bertis Blut war an ihren Händen gewesen.

Sie hatte Sigis Brief gelesen.

»Der arme Sigi«, hatte sie gesagt, »so eine Tragödie.«

Paul brachte Lili zum Flughafen. Luise hatte ihm das Medaillon mitgegeben. So viel verloren. So wenig zurück. Und jetzt schläft Luise. Sie ist unter einem dunklen Himmel. In einem dunklen rauen Land unter einem dunklen Himmel.

Als Paul zurückkommt, dämmert es schon.

Luise ist am Meer gewesen. Sie hat Kräuter gepflückt, Lavendel und Thymian, und ist zu den Felsen gegangen, sie hat einen Strauß in den Sand gelegt. Sie ist weitergegangen und hat einen Strauß ins Meer geworfen. Danach ist sie zum Bauernhof gegangen. Sie hat eine Leinwand gesucht, die keiner abgeholt hat. Was soll damit werden. Sie muss mit Paul darüber reden, aber nicht heute. Und dann ist Luise nach Hause gegangen und hat auf Paul gewartet. Über die Stufen kommt er jetzt vom Strand herauf, eine schmale Gestalt gegen den Abendhimmel.

Paul drückt ihr etwas in die Hand. Es ist eine Zeichnung. Ein Engel ohne Flügel, seine Augen sind golden und er sieht aus wie einer, der auf etwas horcht. Er sieht aus wie einer, der eines Tages hören wird.

»Ich bin froh, dass du bei mir bist«, wer sagt das, Paul oder Luise.

Vielleicht, denkt Luise, vielleicht gehen wir ja den umgekehrten Weg. Vielleicht tritt die Nymphe aus ihrem Lorbeer hervor und spielt mit dem, den sie liebt. Luise sieht Paul an und ganz heisrig und rau wird ihr, ganz heidnisch auch wieder.

»Komm spielen«, sagt sie.